CHAMBRE 213

Cet ouvrage a été imprimé sur un papier
issu de forêts gérées durablement,
de sources contrôlées.

L'édition originale de cet ouvrage a été publiée en Suède
en 2011 sous le titre *Rum 213*
par Rabén & Sjögren Agency

Cette édition en langue française
est publiée avec l'accord de Rabén & Sjögren Agency

Illustration de couverture : Dimitri Chappuis

ISBN : 978-2-7002-7682-4

Loi n° 49-956 du 16-07-1949 sur les publications destinées à la jeunesse.

INGELIN ANGERBORN

Traduction de Johanna Kuningas

CHAMBRE 213

RAGEOT
ENQUÊTES D'EUROPE

Bea, Meja et moi continuons à nous revoir de temps en temps. Mais nous n'évoquons jamais ce qui s'est passé cet été-là. C'est un accord silencieux entre nous. Comme si ne pas en parler suffisait à tout effacer. Bien sûr, au fond de nous, nous n'avons rien oublié.

Chapitre 1

Tout a commencé alors que nous étions en route pour la colo, ma mère et moi. Ou peut-être encore plus tôt… Quand j'y repense, c'était assez étonnant que je décide d'y participer.

Je n'avais jamais été en colo. Je savais à peine ce que c'était avant de trouver le dépliant dans le bus en rentrant de l'école. C'était une journée grise et pluvieuse, et je venais d'apprendre que ma meilleure amie, Sibel, serait absente tout l'été. Elle partait en Turquie avec ses parents pour rendre visite à de la famille. Quant à maman et moi, nous passerions une semaine chez papy et mamie, à Gotland, comme tous les ans. Sympa, bien sûr, mais la Turquie, c'était quand même autre chose ! Et du coup, je ne savais pas trop ce que j'allais faire le reste de l'été.

Pendant que je broyais du noir, mon regard s'était arrêté sur le couloir du bus, sale et trempé, et j'ai aperçu un petit dépliant jaune où il était écrit en grosses lettres joyeuses : *Envie de super vacances ? Alors bienvenue à la colo de Björkudden !*

À première vue, cette découverte n'avait rien d'incroyable. Pourtant, j'avais ramassé le dépliant pour l'étudier de plus près. Et en fait, la colo m'avait paru super cool. Du soleil, des baignades, du canoë, des feux de camp, des boums... pendant une semaine entière ! Malheureusement, il était trop tard : les inscriptions se clôturaient le 3 avril et on était déjà le 10.

En soupirant, j'avais glissé le dépliant dans mon sac à dos. D'ailleurs, pourquoi est-ce que j'ai décidé de le garder ? Pour y aller l'année suivante ?

Ensuite, j'avais oublié tout cela, jusqu'à ce que, quelques jours plus tard, ma mère me fasse réciter ma leçon d'anglais. Le papier jaune se trouvait dans mon livre, à l'endroit précis de la leçon !

– Qu'est-ce que c'est ? m'avait-elle demandé en l'examinant.

– C'est juste une pub pour une colo. Je l'ai trouvée dans le bus.

– Tu aimerais y aller ?

– Peut-être... Mais c'est trop tard. Les inscriptions sont terminées depuis longtemps.

Ma mère m'avait scrutée. Elle savait que la perspective d'un été sans Sibel m'angoissait, et elle avait sans doute mauvaise conscience.

– J'essaie de les appeler. On ne sait jamais...

Chapitre 2

Trois mois plus tard, nous étions en route pour la colo. J'avais eu une place, alors que je m'étais inscrite en retard, que la colo était déjà complète et que dix personnes étaient sur la liste d'attente. Bizarrement, ça ne m'a pas inquiétée. Parfois, on a de la chance, tout simplement !

Il faisait beau et nous venions de laisser la ville derrière nous. Ma valise était prête depuis plusieurs jours et j'avais vérifié de nombreuses fois ma check-list, pourtant j'avais peur d'avoir oublié quelque chose.

– Mais c'est normal ! m'a rassurée ma mère. Moi, aussi j'ai toujours peur de ne pas avoir pensé à tout.

– Non, ce n'est pas pareil ! Toi, tu oublies vraiment !

Ma mère a rigolé.

– Je sais. Mais toi, tu as la chance d'être beaucoup moins distraite que moi. D'ailleurs je dois m'arrêter à cette station-service, j'ai besoin d'aller aux toilettes avant de repartir.

– Tu ne peux pas attendre qu'on arrive à la colo ? Je ne veux pas être en retard ! ai-je supplié.

– Non, je suis désolée. Mais on sera à l'heure, pas de souci !

Ma mère s'est garée sur le parking et a claqué la portière. J'ai fermé les yeux. Je n'étais pas rassurée. J'avais l'habitude d'arriver en retard, ce n'était pas ce qui m'inquiétait ; non c'était tout le reste : c'était ma première colo, elle durerait une semaine entière et je ne connaissais personne ! Sur la liste reçue un mois auparavant, je n'avais reconnu aucun nom. Sur le moment, je m'étais dit que ce n'était pas grave, mais maintenant que nous approchions j'étais super nerveuse !

J'ai pris une longue inspiration et j'ai rouvert les yeux. Une Volvo rouge s'était garée à côté de la pompe à essence qui se trouvait devant notre voiture et, par habitude, mon regard s'est fixé sur sa plaque d'immatriculation : *ROOM-213*. « Chambre 213 » ! J'ai souri. Il fallait absolument que je note ça dans mon petit carnet et que j'en parle à Sibel à la rentrée ! Elle et moi nous nous amusions à noter les plaques d'immatriculation rigolotes ou bizarres. Ce jeu avait commencé en CM1 quand nous étions tombées sur une *BAD-522*, « Mauvaise-522 ». La voiture était très moche, rouillée, couleur caca d'oie. On avait tellement ri qu'on en avait eu mal au ventre ! *ROOM-213* n'était pas aussi drôle, mais la combinaison de lettres voulait dire quelque chose, ce qui était rare.

Quand ma mère est enfin revenue, la Volvo rouge était repartie depuis longtemps. Et moi, j'étais très énervée. La colo débutait dans cinq minutes et nous avions encore un bon bout de chemin à faire !

– Ne t'inquiète pas, m'a rassurée ma mère, comme à son habitude.

Ça m'a énervée encore plus, mais je n'ai rien dit. Je me suis mise à tambouriner sur l'accoudoir.

– Mais Elvira, tu portes la bague de mamie ! s'est exclamée ma mère.

J'ai fait tourner ma bague en argent sertie d'une fleur autour de mon annulaire gauche. Légèrement trop grande, elle glissait facilement.

– Mais oui, elle est à moi maintenant, ai-je murmuré.

– Très juste, mais ne la perds pas !

La petite pierre au milieu de la fleur était un peu rayée, sinon la bague était comme neuve. Pourtant, elle avait plus de quarante ans. Je l'avais trouvée au fond d'un tiroir chez mes grands-parents pendant notre séjour et, en voyant à quel point elle me plaisait, ma grand-mère me l'avait donnée à condition que j'y fasse attention, ce que je lui avais promis, bien sûr.

– Je ne la perdrai pas ! ai-je affirmé.

Ma mère a hoché la tête.

– Parfait alors. Mais n'oublie pas de l'enlever quand tu te baignes.

Quand nous avons quitté la grande route pour bifurquer vers Björkudden, mon cœur battait à tout rompre. Nous n'étions plus très loin mais nous avions déjà dix minutes de retard ! Plus nous avancions, plus le chemin devenait étroit. À la fin, ce n'était plus qu'un petit sentier de terre sur lequel nous roulions lentement, très lentement…

Charmée par le paysage, ma mère commentait joyeusement tout ce qu'elle voyait, la forêt, le lac qui brillait à travers les arbres…

– Ah, qu'est-ce que j'aimerais vivre dans une maison comme celle-là ! s'est-elle écriée tout à coup.

J'ai soupiré. J'avais entendu cette phrase au moins un million de fois ! Ma mère imagine toujours que sa vie serait meilleure ailleurs. Cette cabane rouge avec ses fenêtres à carreaux et ses montants blancs était donc loin d'être une exception. Elle a encore ralenti.

– Je me demande si elle est habitée, a-t-elle poursuivi en scrutant la maison avec envie.

Il y avait des rideaux aux fenêtres, sinon elle semblait abandonnée. La pelouse n'avait pas été tondue depuis longtemps.

– Je n'en sais rien et je m'en fiche ! On peut y aller maintenant ? On est vraiment très en retard ! ai-je répliqué.

Par chance, nous n'étions plus très loin et après le virage suivant nous avons enfin aperçu la colo. Elle était plus grande que sur les photos que j'avais vues sur Internet. Le bâtiment principal, une imposante bâtisse en bois à deux étages peinte en jaune, était construit sur une petite colline. En contrebas, se trouvaient d'autres bâtiments plus petits, une immense pelouse qui s'étendait jusqu'au lac, un terrain de foot et un parcours d'accrobranche.

Prenant une profonde inspiration, j'ai ouvert la portière sous un soleil éclatant. Le parking était rempli de voitures, mais il n'y avait personne. La main en visière, je me suis dirigée vers le bâtiment principal. Un escalier en pierre muni d'une rambarde menait à la double porte grande ouverte. Il était exactement comme sur les photos, seulement il n'y avait pas d'enfants assis sur les marches. Pourtant, j'ai eu l'impression que quelque chose avait changé. Certainement un détail puisque je n'arrivais pas à m'en souvenir... ou alors simplement l'absence des enfants.

– On entre et on essaie de trouver les autres ? a suggéré ma mère en souriant.

On n'a pas eu besoin de chercher longtemps : à peine entrées, nous sommes tombées sur un groupe d'adolescents bruyants, de parents et d'animateurs, qui sortaient d'une grande pièce, sans doute la salle à manger. Ils se sont dispersés dans le bâtiment. Certains couraient et j'ai eu le sentiment qu'ils connaissaient déjà les lieux. D'autres regardaient autour d'eux l'air un peu perdus. Mon cœur battait très fort depuis que nous avions quitté la voiture. Au point que, quand une animatrice s'est approchée pour nous parler, je comprenais à peine ce qu'elle disait !

– Je m'appelle Jennifer. Et tu dois être Elvira, c'est ça ?

J'ai acquiescé. Son regard chaleureux m'a vite mise à l'aise.

– Je l'ai découvert par déduction, a-t-elle poursuivi en riant. Tu es la seule qui manquait à l'appel.

J'ai jeté un regard noir à ma mère. Évidemment, nous étions les dernières !

– Oui, je suis désolée. On a eu… euh… un petit souci avec la voiture, s'est excusée ma mère.

J'étais écœurée par son mensonge, mais je n'ai rien dit.

– Ah, ça, c'est embêtant. Bon, tu n'as pas raté grand-chose, on a juste eu le temps de distribuer les chambres, a précisé Jennifer, avant de sourire à nouveau.

Elle a feuilleté le dossier qu'elle avait à la main.

– Voyons voir… Elvira… Ça y est, je t'ai trouvée ! Tu seras avec Bea et Meja.

Puis elle s'est tournée vers moi, une lueur mystérieuse dans les yeux.

– Tu n'es pas superstitieuse, j'espère ? a-t-elle demandé.

J'ai secoué la tête.

– Quelle chance ! Tu seras dans la chambre numéro deux cent… treize !

Chapitre 3

Je n'étais absolument pas superstitieuse. Sibel, elle, est persuadée que poser ses clés sur une table ou passer sous une échelle portent malheur, mais moi je n'y croyais pas.

Pourtant, que le numéro de la chambre soit le même que celui sur la plaque d'immatriculation était étrange. La probabilité d'une telle coïncidence devait être proche de zéro. Peut-être une sur un million.

Jennifer nous a accompagnées jusqu'à notre chambre. Après avoir pris l'escalier, nous avons tourné à droite puis longé un couloir.

J'ai senti mes cheveux se dresser sur ma tête lorsque j'ai vu les chiffres dorés sur la porte : 213. C'était presque effrayant ! Si Jennifer, Bea,

Meja et leurs parents n'avaient pas été présents, j'aurais tout raconté à ma mère. Mais là, il n'en était pas question. Ils auraient pu penser que j'avais tout inventé. Ou que j'étais un peu spéciale.

Quand nous sommes entrées dans la chambre, tout le monde s'est tu et nous a fixées, ma mère et moi.

– Voici Elvira qui sera dans votre chambre, a annoncé Jennifer en posant ses mains sur mes épaules.

J'observais les deux filles qui se tenaient à côté des lits superposés. Elles avaient l'air sympathiques. L'une d'elles était plus petite que moi et avait les cheveux blonds, l'autre était brune et assez grande. Je me demandais qui était qui lorsque Jennifer a ajouté :

– Et toi, c'est... Bea, a-t-elle dit en désignant la fille aux cheveux bruns. C'est bien ça ?

Bea a hoché la tête.

– Tu dois donc être Meja, a continué Jennifer en se tournant vers la fille blonde.

Meja a acquiescé, avant de se tourner vers moi.

– On a déjà choisi nos lits, mais on peut changer si tu veux.

– Non, ça n'a aucune importance.

Jennifer a souri.

– Vous ne serez que trois. La quatrième fille a la varicelle et a dû annuler sa venue. Du coup, tu as le choix entre deux lits.

J'ai observé la chambre. Elle était belle et lumineuse, mais plus petite que celle que j'avais à la maison. Et on était censées la partager !

– Comment ça se passe avec les téléphones portables ? a demandé l'homme à côté de Meja. Doivent-ils être déposés quelque part ?

– Oui, et je vous propose de les emporter tout de suite. Vous pourrez les récupérer le deuxième, le quatrième et le sixième jour de la colo pour passer des coups de fil pendant une demi-heure après le dîner. Et si vous avez besoin d'appeler à un autre moment, vous avez la possibilité d'utiliser le téléphone fixe, a répondu Jennifer.

– Et les autres objets de valeur ? a voulu savoir ma mère. Elvira a un lecteur MP3...

– Elle peut le garder. Mais dans ce cas, c'est elle qui en est responsable.

Meja et moi avons confié nos portables à Jennifer.

– Merci, merci, a-t-elle dit, avant de lancer un regard interrogateur à Bea.

– Je n'ai pas... apporté le mien, a-t-elle murmuré.

Jennifer a jeté un coup d'œil sur sa montre.

– Oh là là ! Je dois y aller. Dites au revoir à vos parents, après vous pouvez défaire vos valises. On se retrouve au self dans une demi-heure !

L'ambiance s'est détendue une fois les parents partis. La conversation entre nous trois se déroulait naturellement, et nous nous sommes découvert des tas de points communs : nous avions le même âge, nous rentrerions au collège à l'automne, aucune de nous n'avait été en colo auparavant et nous adorions toutes la couleur violette ! Je venais de les rencontrer, et j'avais l'impression de les connaître depuis toujours !

Bea et Meja avaient choisi chacune un lit en hauteur. Mais quand Meja nous a raconté qu'une nuit son frère était tombé du sien, Bea a fini par s'installer sur le lit du dessous. Comme je suis un peu somnambule, j'ai pris le second lit du bas. Mieux vaut être prudente !

– La chambre 13, c'est un peu flippant, a dit Bea en mettant son oreiller dans la taie.

– Comment ça, 13 ? C'est le numéro 213 ! s'est exclamée Meja en riant.

– Il y a bien un 13 dedans, s'est entêtée Bea.

Je me suis penchée par la fenêtre pour admirer le lac. Il n'y avait pas de vent et le soleil brillait toujours. Je me suis dit que ce serait chouette d'aller se baigner.

– D'ailleurs, c'est bizarre comme nombre... Il ne peut pas y avoir plus de deux cents chambres ici ! s'est étonnée Meja.

Bea a posé l'oreiller et s'est assise sur son lit.

– Je pense que le 2 veut dire tout simplement qu'on est au deuxième étage. Au premier étage, j'ai vu une chambre avec le numéro 105, a-t-elle expliqué.

– Dans ce cas, la nôtre est bien le numéro 13, a observé Meja.

– Voilà ! Tu vois que j'avais raison ! s'est écriée Bea.

J'ai quitté la fenêtre pour prendre mes draps dans ma valise. J'étais tentée de leur parler de la plaque d'immatriculation, mais je n'ai pas osé. Plus tard, peut-être.

– Je ne suis pas superstitieuse. Pourquoi le 13 porterait malheur ? suis-je intervenue.

– Tu as raison ! Pourquoi pas le 14 ? Ou le 57 ? a répondu Meja, avant d'ajouter : Est-ce que vous savez comment on fait ?

Elle fixait sa housse de couette d'un air perplexe.

– Tu n'as jamais changé tes draps chez toi ? s'est amusée Bea. Je te montre ! Tu prends ta housse et tu fais glisser la couette dedans en passant ton bras jusque dans un des coins supérieurs, puis tu fais la même chose avec le second coin...

Bea a fait la démonstration avec sa housse.

– ... une fois que la couette est dans la housse, tu attrapes les deux coins, tu secoues et c'est bon ! Tu as compris ?

Meja s'est mise au travail. J'ai posé mon drap de dessous.

– Moi, je crois que le numéro 13 peut porter malheur. Sinon pourquoi il y aurait plus d'accidents le 13 ? a insisté Bea.

– C'est vraiment le cas, tu en es sûre ? ai-je demandé.

Bea a haussé les épaules.

– J'ai lu ça quelque part... Et quand ma grand-mère s'est cassé la jambe en glissant sur une plaque de verglas il y a deux-trois ans, c'était un vendredi 13.

– Ça alors ! me suis-je exclamée.

Tout à coup, Bea a pris ma main.

– Tu as une super jolie bague !

– C'est un cadeau de ma grand-mère. Elle la portait quand elle avait mon âge, ai-je expliqué.

– Oh non ! s'est écriée Meja.

D'abord, j'ai cru que son exclamation avait un rapport avec ma bague, puis j'ai découvert qu'elle s'était entortillée dans sa housse de couette. On ne voyait plus que ses pieds…

Bea et moi avons éclaté de rire.

– Tu devais y glisser juste tes bras, pas tout ton corps ! a plaisanté Bea.

– J'ai essayé, mais je ne suis pas très douée pour ces choses-là, a déclaré Meja d'une voix étouffée.

Bea et moi avons ri encore plus.

– Tu aurais mieux fait d'apporter un sac de couchage, ai-je fait.

– Tu ressembles à un fantôme ! a renchéri Bea.

Meja a soupiré, puis s'est mise à glousser, elle aussi.

– Arrêtez de rigoler et aidez-moi !

Mais impossible ! Nous hurlions de rire quand soudain un bruit sourd dans la chambre nous a fait sursauter.

– Qu'est-ce que c'était ? a crié Meja, toujours entortillée dans sa housse.

Bea et moi avons échangé un regard, avant de jeter un coup d'œil autour de nous. On aurait dit qu'un objet lourd était tombé, un miroir ou une lampe… mais tout était en place. C'était bizarre ! Puis j'ai compris.

– C'est la fenêtre qui s'est refermée, ai-je annoncé.

Meja, qui avait réussi à s'extraire de sa housse, a poussé un ouf de soulagement.

– J'ai eu tellement peur !

– Moi aussi ! Je crois que j'ai fait un bond d'au moins un mètre ! a avoué Bea.

Je me suis approchée de la fenêtre coulissante. Elle était solidement fermée, si bien que j'ai eu du mal à la soulever. Il y avait eu un loquet pour la bloquer en position haute – l'emplacement était encore visible –, mais il avait disparu.

– Je ne comprends pas comment elle a pu se refermer, ai-je dit.

Meja a haussé les épaules.

– Il y a sûrement eu un coup de vent.

J'ai glissé ma tête dehors. La cime des arbres était parfaitement immobile.

– Mais il n'y a aucun courant d'air ! ai-je observé.

– Quelqu'un a certainement voulu nous jouer un tour, a supposé Bea après un silence.

J'ai jeté un coup d'œil en bas et j'ai éclaté de rire.

– Alors c'était un géant ! On est quand même au deuxième étage !

– Tu as raison. Je n'y avais pas pensé, a fait Bea.

– Moi, je crois que c'était un fantôme ! Le fantôme de la chambre 213 ! a chuchoté Meja, qui avait enfin réussi à finir son lit.

Chapitre 4

Après le déjeuner, les animateurs nous ont proposé des jeux « pour apprendre à nous connaître », puis ils nous ont fait visiter les lieux. Ensuite, nous avons eu quartier libre. Bea, Meja et moi avons choisi la plage sans hésiter. Comme d'ailleurs presque tout le monde. Le temps était incroyablement doux et il n'y avait toujours aucun vent !

Nous avons posé nos serviettes de bain sur la pelouse un peu en hauteur, face au lac. C'était chouette d'avoir une vue sur ce qui se passait plus bas – et surtout, sur les garçons. Certains, comme Arvid, Melker, Isak, Kevin et deux ou trois autres, étaient vraiment mignons. Et puis aucune de nous n'avait de petit copain, encore un point commun !

Meja et Bea en avaient déjà eu un, et même plusieurs pour Meja. Quant à moi, cela ne m'était jamais arrivé. Une fois, j'avais demandé à un garçon de ma classe s'il voulait sortir avec moi, mais il avait dit non et, finalement, j'avais été soulagée. En fait, je n'étais pas vraiment amoureuse. J'avais juste voulu tester ce que cela ferait d'avoir un petit copain.

– C'est qui le plus mignon ? a demandé Meja.

– Melker. Il a de très beaux yeux, ai-je chuchoté.

Meja a froncé les sourcils, comme chaque fois qu'elle réfléchit.

– Moi, je trouve que c'est Kevin. J'adore ses cheveux bouclés !

– J'hésite... Peut-être Isak ou Arvid. Impossible à dire, a soufflé Bea.

Elle s'est allongée sur le dos.

– Je n'arrive pas à me décider, ils sont trop beaux tous les deux.

Meja et moi avons rigolé.

– Tu n'as pas besoin de choisir. En tout cas, pas encore, l'a rassurée Meja.

– Non, c'est clair, mais bon... a soupiré Bea.

Nous chuchotions et ricanions tout en regardant les garçons. De temps en temps, nous nous précipitions vers le lac pour nous baigner. L'eau était parfaite. Fraîche mais pas froide, si bien qu'on pouvait y rester super longtemps. Enfin, en théorie... car Kevin et Arvid avaient décidé de sauter du ponton exactement à l'endroit où nous étions ; ils nous pourchassaient et nous éclaboussaient ! Melker n'était pas avec eux. Il se tenait un peu à l'écart et nous observait. Dommage ! J'aurais bien aimé qu'il vienne se baigner lui aussi.

C'est lorsque je suis revenue m'allonger sur ma serviette que j'ai fait une terrible découverte.

– Je l'ai perdue ! me suis-je exclamée.

Bea et Meja m'ont regardée avec étonnement.

– Quoi donc ? a demandé Bea.

J'ai fixé l'étroite bande blanche autour de mon annulaire.

– Ma bague !

J'ai cherché sur la pelouse, j'ai jeté un coup d'œil sous ma serviette, j'ai même secoué mes chaussures mais sans résultat ! Elle n'était nulle part !

– Comment elle est ? a voulu savoir Meja.

– Mais ça n'a aucune importance ! Si tu trouves une bague, ce sera forcément la sienne, a commenté Bea.

J'ai trouvé sa remarque un peu bizarre, mais d'une certaine manière, elle avait raison. Et Meja n'avait pas l'air de mal le prendre.

– C'est une bague en argent avec une fleur, sertie d'une pierre violette, ai-je expliqué.

Je me suis souvenue de la conversation que j'avais eue avec ma mère dans la voiture, et mon estomac s'est serré.

– Tu es sûre que tu l'avais sur toi ? a fait Meja.

Oui, j'étais certaine que je la portais quand nous étions parties nous baigner. J'avais oublié de la retirer... Pourtant, ma mère me l'avait rappelé avant de reprendre la route !

Bea et Meja passaient la pelouse au peigne fin pendant que je me mordais les lèvres pour ne pas pleurer. Pas question de pleurnicher en colo, surtout le premier jour et devant tout le monde !

– Je pense qu'elle a dû glisser quand je me suis baignée, ai-je murmuré.

Bea m'a serrée dans ses bras.

– On va la retrouver !

Malheureusement, elle se trompait. Nous avons cherché longtemps et presque toute la colo s'est jointe à nous, y compris Melker, mais sans succès. De toute évidence, ma bague reposait au fond du lac et on ne pouvait pas y faire grand-chose.

– Ma grand-mère va être super triste... Je lui avais promis d'en prendre soin, ai-je dit d'une petite voix, en me rasseyant sur ma serviette.

Mes larmes se sont mises à couler. Pourquoi avais-je gardé la bague pour me baigner ? C'était idiot !

– Mais tu es vraiment sûre que tu l'avais sur toi ? a insisté Meja.

En m'essuyant les yeux, j'ai hoché la tête.

– En fait, je crois que non. Et toi, Bea ? a poursuivi Meja.

Bea a haussé les épaules.

– Je n'ai pas fait attention.

– Elle est peut-être toujours dans la chambre ? On va aller vérifier ! a suggéré Meja.

– Ça ne servira à rien… ai-je murmuré.

– Peut-être que si. Moi, une fois j'ai cru qu'on m'avait volé mon téléphone portable, il n'était plus dans la poche de ma veste. Pourtant, quand je suis rentrée à la maison, il était posé sur mon bureau ! C'est peut-être pareil avec ta bague ! a expliqué Meja.

Je n'étais pas convaincue, mais nous avons regagné notre chambre. L'ambiance était gâchée et ça ne valait pas le coup de rester.

Nous avons fouillé la pièce de fond en comble. Nous avons cherché dans les tiroirs, dans les lits et en dessous. Nous avons secoué nos sacs et nos vêtements, mais rien. La bague était introuvable !

Déçue, je me suis laissé tomber sur mon lit.

– Je suis sûre que je l'avais au doigt.

Meja a soupiré.

– Ma pauvre Elvira. Quelle malchance !

Bea n'avait rien dit pendant un moment, mais subitement elle a poussé un petit cri, les yeux écarquillés.

– Malchance ! Exactement ! Je vous avais bien dit que le numéro 13 portait malheur !

Chapitre 5

Ni Meja ni moi ne croyions à la théorie de Bea. J'avais juste perdu ma bague pendant la baignade, c'était un accident banal qui se serait produit quel que soit le numéro de notre chambre ! Rien à voir avec la malchance.

Heureusement, le soir, la situation s'est carrément inversée… la chance m'a souri ! Mon équipe a gagné au tir à la corde et aux fléchettes. Et quand, plus tard, nous avons fait griller des bananes au chocolat au-dessus du feu de camp, j'ai réussi à m'asseoir à côté de Melker.

Je ne savais pas quoi dire et il faut croire que lui non plus… Mais de temps à autre, je jetais un coup d'œil dans sa direction et je voyais bien qu'il me regardait, lui aussi.

– Au fait, tu as retrouvé ta bague ? a-t-il fini par me demander.

J'ai secoué la tête.

– Vraiment dommage, a-t-il commenté en me fixant de ses yeux magnifiques où le feu se reflétait.

J'étais sur le point de lui expliquer la théorie de Bea lorsque Meja est arrivée avec son appareil photo.

– Allez, rapprochez-vous ! a-t-elle ordonné en riant.

Il y avait peu de place autour du feu et nous étions déjà très proches l'un de l'autre, mais nous avons fait encore un petit effort.

– Dites *cheese* !

– *Cheese* ! avons-nous répété en chœur en affichant nos plus beaux sourires.

Meja a fixé son écran d'un air mécontent.

– Encore ! Resserrez-vous un peu plus !

Après la deuxième photo, elle était toujours aussi peu satisfaite.

– Je pense que c'est la lumière qui ne va pas. Retournez-vous, ce sera peut-être mieux avec le feu derrière vous !

Melker et moi nous sommes exécutés.

– Non, ça ne marche pas. C'est super bizarre. Regardez ! s'est exclamée Meja en fronçant les sourcils.

Je pensais qu'elle exagérait mais il n'en était rien. Il y avait comme un halo lumineux derrière moi. On aurait dit que quelqu'un avait été effacé par le flash ! Sauf qu'il n'y avait personne, bien sûr.

– C'est vrai que c'est étrange ! ai-je commenté.

– Il y a peut-être un problème avec ton appareil ? a suggéré Melker.

Meja l'a regardé avec inquiétude.

– J'espère que non… Il est presque neuf.

Mais Melker devait avoir raison, car un peu plus tard dans la soirée, on a retrouvé le même halo sur les photos…

Tandis que Bea et moi écrivions dans nos journaux intimes, allongées sur nos lits, Meja photographiait tout et n'importe quoi – son propre visage, la jambe de Bea qui dépassait du lit, le stylo à paillettes qu'elle tenait à la main, mon crayon à moitié rongé et la page de mon journal intime sur laquelle je venais d'écrire des trucs sur Melker… (Par chance, elle rigolait et a loupé ce cliché !)

Tout allait bien jusqu'à ce qu'elle me prenne en photo en train de grimacer. Là, subitement, elle s'est tue.

– Qu'est-ce qu'il y a ? Je ne suis pas bien dessus ? ai-je dit en souriant.

Au lieu de me répondre, Meja a posé brusquement son appareil sur la table de chevet.

– Mais c'est n'importe quoi ! a-t-elle grondé.

Bea et moi avons échangé un regard.

– C'est le même problème que tout à l'heure ? ai-je demandé.

Blême, Meja a acquiescé, puis s'est tournée vers la fenêtre. Est-ce qu'elle était effrayée ou seulement contrariée ?

– Je peux voir ? ai-je proposé.

Meja a haussé les épaules sans se retourner.

Je me suis assise, j'ai pris l'appareil et j'ai parcouru les clichés. J'espérais trouver une explication à l'apparition de cet étrange halo, peut-être le feu, la lampe, le flash… À la place, j'ai découvert qu'il était visible seulement sur les photos où je figurais, et ma présence n'avait sûrement aucun rapport, quoique…

J'ai reposé l'appareil.

– Je ne sais pas ce que c'est, mais certainement rien de grave, ai-je dit, avant d'ajouter : C'est peut-être moi, le problème…

– Toi ? s'est exclamée Meja, étonnée.

– Oui. Le halo est là uniquement quand je suis sur la photo.

Bea s'est mise à rire.

– L'appareil est allergique à Elvira ! Il faut arrêter de la prendre en photo ! a-t-elle plaisanté.

Meja n'a pas pu s'empêcher de sourire timidement.

– Je crois que je vais arrêter de prendre des photos tout court.

J'ai approuvé et je me suis rallongée.

– Mon appareil aussi fonctionne mal. D'ailleurs, c'est pour ça que je ne l'ai pas apporté, a expliqué Bea.

Meja a éteint la lampe du plafond et s'est glissée dans son lit.

– Seulement, le mien fonctionnait très bien avant de venir ici, a-t-elle murmuré. En plus, il n'est pas vraiment à moi. Je l'ai... euh... emprunté à mon frère. Et il sera furieux si je le casse !

Soudain, Bea est sortie de son lit et nous a fixées de ses grands yeux.

– Vous me croyez à présent ?

– Qu'est-ce que tu veux dire ? Croire quoi ? a fait Meja.

– Que le numéro 13 porte malheur !

Meja a poussé un soupir.

– Arrête ! C'est de la superstition !

Bea s'est tournée vers moi.

– Mais c'est le deuxième événement bizarre de la journée, non ?

J'ai haussé les épaules.

– Je ne sais pas. C'est juste une coïncidence.

Mal à l'aise, Bea s'est recouchée. Elle a éteint sa lampe de chevet.

Au bout de quelques minutes, elle a rompu le silence.

– Je trouve ça quand même flippant... d'abord la bague puis l'appareil photo, alors que la colo vient à peine de commencer ! Et on est dans la chambre numéro 213...

Tout à coup, je me suis souvenue de la plaque d'immatriculation avec le numéro 213. Il s'était passé tellement de choses aujourd'hui que j'avais presque oublié cette histoire !

– Il y a autre chose, ai-je annoncé.

– Quoi donc ? a fait Meja.

J'ai eu une petite hésitation. Elles n'allaient sûrement pas me prendre au sérieux, surtout pas Meja... mais il était trop tard pour revenir en arrière.

– Sur la route en venant ici, on s'est arrêtées à une station-service et j'ai... j'ai vu une plaque d'immatriculation un peu... particulière. Sur le moment, ça ne m'a pas paru étrange, mais maintenant...

– Continue ! Particulière comment ? m'a encouragée Meja.

J'ai senti des frissons me parcourir le dos.

– Sur cette plaque, c'était marqué *ROOM-213*. Quand j'ai vu le nombre 13 sur la porte de notre chambre tout à l'heure, ça m'a fait tout drôle…

Je n'entendais plus que la respiration rapide de Bea et mon cœur qui battait la chamade.

– Mais c'est chelou ! s'est exclamé Meja au bout d'un moment.

– C'est vrai ? a chuchoté Bea.

J'ai soupiré.

– C'est la vérité, ai-je assuré.

– Il ne doit pas y avoir beaucoup de voitures avec une plaque pareille, a commenté Meja.

– Je sais…

– Vous croyez qu'il y a un lien entre cette plaque, la bague et l'appareil photo ? a demandé Bea d'une voix angoissée.

L'inquiétude était palpable dans la chambre. En réajustant mon oreiller, j'ai senti quelque chose de dur sous mes doigts. Un petit objet s'était glissé à l'intérieur de la taie, et quand je l'ai pincé entre le pouce et l'index à travers le tissu, j'ai tout de suite su ce que c'était.

J'ai soupiré de soulagement. C'est fou tout ce qu'on peut imaginer ! Surtout quand il fait noir et qu'on n'est pas chez soi !

– Aucun lien avec ma bague, en tout cas, ai-je affirmé.

– Pourquoi ? s'est étonnée Bea.

Au lieu de lui répondre, j'ai éclaté de rire.

– Pourquoi tu rigoles ?

– Tu nous as fait marcher, c'est ça ? Avec cette histoire de plaque d'immatriculation, je veux dire... a dit Meja.

– Non ! C'est vrai, je vous promets. Mais je viens de retrouver ma bague !

Bea a rallumé sa lampe de chevet.

– Vraiment ? Là, à l'instant ? Où ça ? Mais on a cherché partout !

– À l'intérieur de ma taie d'oreiller ! Elle a dû glisser pendant que je faisais mon lit.

– Incroyable ! s'est écriée Meja.

Elle s'est penchée vers Bea, qui était dans le lit en dessous, et l'a fixée d'un air malin.

– Tu vois, on peut parfois avoir de la chance, même dans la chambre 213 !

– C'est vrai, mais je trouve quand même tout ça un peu flippant...

Chapitre 6

J'ai été réveillée par un timide rai de lumière qui se faufilait entre le montant de la fenêtre et le store bleu marine. Il m'avait chatouillé le nez et m'avait fait éternuer. Pendant quelques secondes, je me suis demandé où j'étais, ensuite tout m'est revenu. Je me suis étirée en bâillant.

J'ai pensé à Bea et Meja, à Melker, à ma bague que j'avais perdue puis retrouvée, et une sensation agréable m'a traversée. J'étais soulagée de savoir qu'elle était sur la table de chevet à côté de moi et pas au fond du lac. Sourire aux lèvres, j'ai tendu mon bras pour la saisir...

Et là, stupéfaite, je me suis relevée d'un bond ! Sur la table, il y avait l'appareil photo de Meja, le journal intime et le stylo à paillettes de Bea, mais aucune bague. J'étais pourtant sûre à deux cents pour cent de l'avoir posée dessus ! Je l'avais trouvée dans ma taie d'oreiller, je l'avais montrée à Bea et Meja puis posée... Pourtant, elle n'y était plus.

Meja et Bea dormaient profondément. Pas question de les réveiller. J'ai cherché par terre, dans mon lit et encore dans la taie d'oreiller, même s'il y avait peu de chances qu'elle y soit. Enfin, j'ai jeté un coup d'œil sur les filles et je me suis raclé la gorge. Fort.

– Où est-elle ?

– Quoi donc ? a fait Bea, à peine réveillée.

– Ma bague !

– Mais tu l'as bien retrouvée hier, non ? s'est étonnée Meja en bâillant.

– Oui, mais elle a encore disparu.

Elles me fixaient d'un air stupéfait. Elles étaient plutôt crédibles, mais ça ne marchait pas. J'étais certaine que l'une des deux me jouait un tour !

– Arrêtez, ce n'est pas drôle, ai-je grogné.

– Arrêter quoi ? a rétorqué Meja.

– Personne ne rigole, il me semble, a observé Bea.

Si elles l'avaient prise, c'est qu'elles étaient d'excellentes actrices !

– Tu l'avais mise où ? a voulu savoir Meja.

– Exactement là, ai-je expliqué en désignant la table de chevet.

– Peut-être qu'elle est tombée par terre, a suggéré Bea.

– Non, je suis sûre de l'avoir posée ici !

Meja a souri.

– Sûre comme hier ?

J'ai soupiré.

– Quelqu'un a dû la prendre, ai-je affirmé.

Bea et Meja ont échangé un regard.

– Mais qui ? À part nous trois, il n'y a personne ici, a fait remarquer Meja.

– Tu ne penses pas, quand même, que c'est l'une de nous ? a ajouté Bea.

– Non, bien sûr que non !

– Alors je ne comprends pas ce que tu veux dire, a insisté Meja.

J'ai haussé les épaules.

– Je ne sais pas, c'est juste que tout ça me dépasse…

Pendant le petit-déjeuner, le match de volley de fin de matinée et la bataille d'eau de l'après-midi, je n'ai pas arrêté de penser à ma bague… Même lorsque Melker a vidé une bassine remplie à ras bord sur moi, impossible d'oublier. (N'empêche, je me suis vengée avec un tuyau d'arrosage !)

Au dîner, presque malgré moi, j'ai scruté mes camarades avec méfiance. L'un d'eux était forcément entré dans notre chambre pendant la nuit et avait volé ma bague. Impossible qu'elle ait disparu toute seule !

– Maintenant, ceux qui le souhaitent peuvent utiliser leur portable pour appeler leurs parents ou leurs amis, a annoncé Jennifer pendant que nous débarrassions la table après le dîner.

Lorsque Meja m'a demandé si nous pouvions aller récupérer nos portables ensemble, j'ai accepté, et Bea nous a accompagnées. Depuis le début, nous étions tout le temps ensemble, cela semblait naturel !

– Ton téléphone est vraiment hyper beau ! s'est écriée Bea en voyant le portable violet de Meja. Je veux le même !

– Moi aussi, ai-je soupiré.

Le mien est plutôt tristounet. Je l'avais hérité de ma mère quand son travail lui en avait offert un nouveau.

Nous nous sommes assises sur un banc derrière le local de sport. Il y avait un peu d'ombre même si le soleil était encore haut.

Ma mère semblait avoir éteint son téléphone, et celui de ma grand-mère sonnait occupé. J'ai jeté un coup d'œil sur mes contacts, sans trouver personne d'autre à appeler. À part Sibel, évidemment, mais elle était en Turquie.

Meja discutait avec son père et Bea et moi avons bien sûr entendu chaque mot de leur conversation.

– Oui, c'est super ici ! Aujourd'hui, on a fait une bataille d'eau ! a-t-elle dit.

Ensuite, elle a énuméré tous ceux que nous avions arrosés et qui nous avaient arrosées. Enfin, surtout elle.

– Non, on ne chahute pas… Et non, on ne laisse personne tout seul, a-t-elle soupiré en grimaçant. Enfin, j'avoue que tout à l'heure j'ai quand même fait une petite plaisanterie à quelqu'un. Mais chut, c'est un secret ! a-t-elle poursuivi en me faisant un clin d'œil.

Pourquoi m'avait-elle fait un clin d'œil ? Que voulait-elle dire ?

Puis je me suis mise à observer Meja et, subitement, tout s'est éclairci ! Elle parlait de moi, bien sûr ! Elle avait pris ma bague pour créer une ambiance mystérieuse et nous effrayer Bea et moi.

– C'était quoi ta plaisanterie ? a voulu savoir Bea dès que Meja a terminé son appel.

Meja a eu un sourire en coin.

– Je ne le dirai pas, en tout cas, pas tout de suite...

J'étais sur le point de lui annoncer que j'avais tout compris, lorsqu'elle a reçu un SMS.

– C'est Kevin, s'est-elle exclamée, surprise.

– Qu'est-ce qu'il veut ? ai-je demandé.

– Il annonce qu'il va se venger. Au secours, j'ai peur !

Bea et moi avons ri. Il était évident qu'il se passait quelque chose entre Meja et Kevin. Pendant la bataille d'eau, ils n'avaient pas arrêté de se pourchasser.

– Mais je ne comprends pas comment il a eu mon numéro, s'est-elle étonnée.

– Ce n'est pas très compliqué, il suffit de vouloir... ai-je observé.

Meja n'a pas répondu, mais ses joues avaient rosi.

– À propos, on pourrait échanger nos numéros, non ? m'a-t-elle suggéré.

– Oui, bien sûr.

Je me suis tournée vers Bea qui fixait le lac.

– Donne-nous aussi le tien ! On t'enverra les nôtres plus tard.

– Je ne m'en souviens pas, a-t-elle répondu sans nous regarder. On ne s'appelle jamais soi-même.

Ce n'était pas très convaincant.

– Oh là là ! Je crois que la demi-heure s'est écoulée. Il faut rapporter les téléphones, a déclaré Meja en se relevant.

Comme aucun animateur n'était encore en vue, nous nous sommes installées sous la véranda. Presque toute la colo s'y trouvait.

– Tu as reçu mon SMS, Meja ? a demandé Kevin.

Meja a souri.

– Ha ha, super drôle... Alors comment tu comptes te venger ?

– C'est un secret, bien sûr. Mais ça sera horrible, je t'assure !

Son horrible vengeance m'a donné une idée brillantissime.

– Je vais vite aux toilettes et je reviens ! ai-je chuchoté.

Une fois dans les toilettes, j'ai écrit un SMS à Meja. *Je sais que tu as pris la bague d'Elvira. Si tu ne la rends pas immédiatement, tu perdras un objet qui t'appartient. Pires salutations, le fantôme de la chambre 213.*

Je rigolais toute seule en l'envoyant. Meja aimait les plaisanteries, elle allait être servie !

Chapitre 7

Meja n'a pas pu lire mon SMS ce jour-là. Les animateurs étaient revenus pendant mon absence et avaient ramassé tous les portables. J'étais déçue, mais je n'ai pas révélé ma plaisanterie aux filles. Elles la découvriraient plus tard !

Une soirée contes était prévue ce soir-là autour du feu de camp. La parole était libre, ceux qui le souhaitaient pouvaient raconter ou lire une histoire. D'abord, il n'y a eu aucun volontaire. Tout le monde se regardait en espérant que quelqu'un se lance. Enfin, Björn, un des animateurs, a franchi le pas et plusieurs jeunes ont suivi l'exemple.

Au début, c'était cool. Les histoires étaient plutôt drôles, comme celle de la maison sombre racontée par Meja.

– Il était une fois une maison sombre. Dans cette maison sombre, il y avait une entrée sombre, avec un escalier encore plus sombre…

Je la connaissais et j'avais du mal à me retenir de rire en observant son visage qui ne laissait rien transparaître. Meja était vraiment une excellente conteuse !

– Un jour, j'ai gravi les marches de cet escalier et je me suis retrouvée dans une pièce sombre. Il y avait une armoire tout aussi sombre… Hop ! Je l'ai ouverte et j'ai vu…

Meja a marqué une pause puis nous a regardés chacun à notre tour.

– … un petit enfant qui criait : « Maman, j'ai envie de faire pipi ! »

D'autres histoires similaires se sont succédé. Je les connaissais presque toutes et elles n'avaient rien d'effrayant. Mais nous étions nombreux, et au fur et à mesure que la soirée avançait, que la nuit tombait, l'ambiance changeait.

Kevin a raconté l'histoire d'un groupe d'amis qui souhaitaient savoir qui parmi eux allait bientôt mourir. Je la connaissais aussi. Elle faisait peur, mais pas trop… Seulement, Kevin l'avait replacée dans l'environnement de la colo comme si celui qui allait bientôt mourir était l'un d'entre nous !

Tout le monde se sentait mal à l'aise. Bea avait les yeux écarquillés, Meja semblait suffoquer et moi j'avais le cœur qui battait deux fois plus vite que d'habitude. J'aurais bien aimé que quelqu'un me tienne la main, Melker de préférence. Malheureusement, il était assis de l'autre côté du feu et je n'avais pas encore osé lui dire qu'il me plaisait.

Puis les histoires sont devenues vraiment glauques. Le sang giclait et des têtes roulaient à droite et à gauche. Mais le pire était encore à venir !

Arvid a commencé à raconter l'histoire d'un jeune couple qui se promenait en voiture un soir tard, quand j'ai eu l'impression que quelqu'un touchait mes cheveux. Je me suis retournée mais il n'y avait personne.

J'ai jeté un coup d'œil sur Bea et Isak qui étaient assis à côté de moi : ils semblaient absorbés par le récit d'Arvid. Bon, c'était sans doute juste un insecte, un papillon de nuit, rien d'inquiétant !

– Ils se sont arrêtés pour s'embrasser et quand ils ont voulu repartir, la voiture ne démarrait plus, ils étaient en panne d'essence. Du coup, le gars a pris un bidon et il est parti à la recherche d'une station-service… a poursuivi Arvid.

À cet instant, j'ai senti à nouveau comme une légère caresse sur ma tête. J'ai pivoté. Personne ! Un frisson m'a parcouru tout le corps.

– La fille écoutait la radio dans la voiture. Au bout d'un moment, elle a entendu quelqu'un frapper sur le toit et elle est sortie pour voir ce qui se passait. Alors elle a découvert...

Soudain, Meja a bondi en hurlant, prise de panique.

– Une main ! J'ai senti une main glacée sur ma nuque !

Tout le monde a sursauté et certains se sont mis à crier, y compris moi. J'étais persuadée qu'un fou allait se précipiter sur nous avec une hache à la main !

Nous nous sommes calmés en comprenant ce qui s'était passé. La plupart riaient. Seule Meja semblait avoir du mal à décider si elle devait rigoler ou être fâchée.

– C'est malin ! s'est-elle exclamée en lançant des regards noirs à Kevin.

Kevin se frottait les mains, un sourire en coin.

– Hé hé... Une belle revanche !

Moi, je ne savais pas quoi penser. Que Kevin ait posé sa main sur la nuque de Meja, aucun doute là-dessus. Mais comment expliquer ce que moi j'avais senti ?

– Je pense que c'est le moment d'aller se coucher, a déclaré Björn.

– Tu as raison ! Si on continue, personne ne dormira cette nuit ! a renchéri Jennifer en riant.

Björn venait de se lever, quand tout à coup une fille, Henny, est intervenue.

– Je voudrais raconter quelque chose moi aussi. Je peux ?

Henny est plutôt timide. C'était la première fois qu'elle prenait la parole spontanément. Et c'est certainement pour cette raison que Björn s'est rassis.

– Pas de souci ! Henny terminera notre soirée contes, a-t-il annoncé.

Henny a gigoté un peu en tripotant nerveusement ses longs cheveux roux. Il était évident que tout cela lui demandait un effort.

– C'est juste que... ma mère a été en colo ici quand elle était enfant. Elle m'a raconté qu'à cette époque un fantôme rôdait dans les parages...

– Comment ? Elle a vu un fantôme ? s'est étonné Kevin.

– Non, pas elle. Une de ses copines.

– Il avait un drap sur lui, et des chaînes ? a plaisanté Kevin.

– Non, c'était une fille de notre âge et elle portait une robe blanche.

Il y a eu un silence.

– C'est vrai ? a chuchoté Bea.

– Je n'en sais rien. En tout cas, ma mère et ses copains en étaient convaincus, a murmuré Henny.

Björn s'est relevé en souriant.

– Merci, Henny ! Maintenant, on va tous pouvoir dormir sur nos deux oreilles…

Chapitre 8

Effrayées, Meja, Bea et moi nous sommes dirigées vers notre chambre bras dessus bras dessous, en gloussant nerveusement et en sursautant au moindre bruit. Et lorsque Bea a failli trébucher sur une branche, nous avons carrément poussé des hurlements.

– J'ai cru que j'allais mourir quand cette main froide s'est posée sur ma nuque, a dit Meja une fois que nous avons été couchées.

Cela devait être la dix-septième fois qu'elle répétait la même chose ! Normal !

– En fait, moi aussi j'ai senti un truc étrange, comme une caresse sur mes cheveux juste avant que tu cries, ai-je avoué.

– Mais c'est dégoûtant ! C'était qui ? a demandé Meja.

– Je ne sais pas. Quand je me suis retournée, je n'ai vu personne.

– Peut-être que c'était Kevin ? a suggéré Bea.

– Sûrement pas ! C'est moi qu'il visait, a affirmé Meja.

J'ai trouvé sa voix bizarre, mais Bea n'a pas réagi.

– Il l'a peut-être fait pour s'amuser, s'est justifiée Bea.

– Laissez tomber ! C'était sûrement juste un insecte, ai-je minimisé.

J'ai gribouillé quelques lignes dans mon journal intime. J'avais des tonnes de choses à raconter, mais mes yeux se fermaient tout seuls. J'ai glissé mon journal sous mon matelas.

Bea écrivait toujours avec son stylo à paillettes violet quand j'ai éteint ma lampe.

– D'ailleurs, Arvid n'a pas fini son histoire. À votre avis, elle se termine comment ? a demandé Meja subitement.

Sa voix était redevenue normale.

– Aucune idée ! ai-je répondu en bâillant.

– Je suis sûre que la fin aurait été glauque. On l'a échappé belle ! a déclaré Bea.

Meja et moi étions d'accord.

– D'un autre côté, c'est frustrant de ne pas savoir. Du coup, on n'arrête pas d'y penser, ai-je commenté.

Bea a reposé son journal et son stylo sur la table de chevet.

– Moi, ce qui me fait peur, c'est l'histoire que Henny a racontée à la fin. C'était une histoire vraie ! s'est exclamée Bea.

Meja s'est penchée vers elle pour la taquiner :

– Mais n'importe quoi ! Tu ne crois pas aux fantômes, rassure-moi !

– Bien sûr que non, mais en même temps...

– En même temps quoi ? Tu penses que cette jeune fille en robe blanche existe vraiment ? a insisté Meja.

Bea a éteint sa lampe en soupirant. La chambre était plongée dans le noir.

– Non... mais comment en être sûre ?

– Dans ce cas, c'est elle le fantôme de la chambre 213 ! Imaginez, elle est là, avec nous ! a chuchoté Meja.

– Mais oui ! Il y a un lit libre ici pour elle, ai-je renchéri.

– Brrr... arrêtez ! Je trouve ça flippant ! nous a suppliées Bea.

Malgré sa peur, elle n'a pas pu s'empêcher de rire.

– Et c'est elle qui a pris ta bague, a poursuivi Meja.

– Évidemment ! me suis-je écriée.

J'ai souri en pensant au SMS que je lui avais envoyé. J'avais hâte de voir sa tête quand elle le découvrirait !

– D'ailleurs, je crois savoir à quoi ressemble ce fantôme, ai-je lancé.

– Moi aussi ! C'est une jeune fille blanche comme un lavabo ! a plaisanté Meja.

– Oui, elle te ressemble en tout point, ai-je ajouté.

Meja a ri.

– Je sais aussi comment elle s'appelle, ai-je poursuivi.

– Alors ? a fait Bea.

– Son prénom commence par un « M »…

– Et les autres lettres ? a demandé Meja.

– M-e-b-e-l, ai-je épelé.

– Mebel ? s'est étonnée Meja.

– C'est un vrai nom ? a renchéri Bea.

À mon tour de rigoler.

– Je n'en sais rien !

Et c'était la vérité. Je n'avais jamais entendu ce nom auparavant !

Je me suis réveillée en sursaut. Le cœur battant à tout rompre, je fixais l'obscurité qui m'entourait. Au début, j'ai cru que j'avais crié dans mon sommeil, puis j'ai entendu Bea renifler ; c'était elle qui m'avait dérangée.

– Je l'ai vue ! a-t-elle dit à mi-voix.

– Qui donc ? ai-je demandé.

– La fille. Celle en robe blanche.

Tout à coup, j'étais complètement lucide. J'ai allumé ma lampe de chevet et je me suis assise.

– Elle était où ? ai-je chuchoté.

– Là-bas, à côté de la porte.

J'y ai jeté un coup d'œil, mais je n'ai rien vu. Ni ailleurs dans la chambre, où tout semblait aussi calme que d'habitude. On n'entendait que les reniflements de Bea et le léger ronflement de Meja. Quel soulagement ! Je me suis tournée vers Bea qui cachait son visage dans ses mains.

– C'était un rêve ! Il n'y a personne.

– Non, je l'ai vue, je t'assure, a-t-elle murmuré.

Je me suis assise sur son lit et j'ai passé mon bras autour de ses épaules.

– Tu sais bien que les fantômes n'existent pas.

Bea a pris une profonde inspiration, avant d'ouvrir les yeux et de regarder prudemment autour d'elle.

– Je sais, mais c'était tellement réaliste…

– Les rêves peuvent être super réalistes. Il y a longtemps, j'ai rêvé que j'allais aux toilettes pour faire pipi et quand je me suis réveillée, mon lit était mouillé, ai-je expliqué.

Bea a ri.

– Mais, s'il te plaît, ne le répète à personne ! C'est un peu embarrassant.

– C'est d'accord. Et tu garderas pour toi ce qui vient de se passer ? a-t-elle demandé.

Au moment où je regagnais mon lit, Meja s'est subitement levée et s'est tournée vers moi.

– Mais qu'est-ce que vous fabriquez ? a-t-elle grogné.

– Rien. Je suis juste allée aux toilettes, ai-je menti.

Meja s'est recouchée en soupirant.

– Éteignez la lumière ! Je veux dormir !

Chapitre 9

Nous nous préparions pour le cours de canoë après le petit-déjeuner, et Bea était en train de se faire une queue-de-cheval devant le miroir, lorsque subitement elle s'est tournée vers nous en fronçant les sourcils.

– Mais qui a déplacé la lampe sur la commode ? s'est-elle exclamée.

– Pas moi, en tout cas, avons-nous répondu en chœur Meja et moi.

Nous avons éclaté de rire.

– À quoi vous jouez ? Vous voulez me faire peur ? a dit Bea.

Elle m'a regardée comme si elle me soupçonnait d'avoir raconté son cauchemar à Meja. J'ai secoué la tête.

– Alors pourquoi vous riez ? a-t-elle insisté.

– Pour rien ! Juste parce qu'on a dit exactement la même chose en même temps.

Bea ne semblait pas convaincue.

– Bon, quoi qu'il en soit, elle a été déplacée, a-t-elle murmuré.

Meja a enfilé un tee-shirt par-dessus son maillot de bain.

– Personne n'a touché la lampe ! Je te le promets !

Bea a posé sa brosse et a jeté un dernier coup d'œil sur sa coiffure.

– Pourtant, hier soir, elle était à droite.

J'ai scruté le visage de Meja pour savoir si elle nous avait joué un tour, mais cela n'avait pas l'air d'être le cas.

– Que la lampe soit posée à droite ou à gauche, quelle importance ? En plus, je suis sûre qu'elle était exactement là où elle est maintenant, a affirmé Meja.

Bea s'est tournée vers moi.

– Et toi, tu en penses quoi ? Elle était de quel côté hier ?

J'ai regardé la commode. J'avais l'impression que Bea avait raison, mais je n'en étais pas sûre. Qui fait attention à ce genre de choses ?

– Franchement, aucune idée, ai-je fini par répondre.

Meja a rigolé. Elle a ouvert un tiroir de la commode et a commencé à fouiller dans ses vêtements.

– Qu'est-ce que tu cherches ? a demandé Bea.

– Des pièces à conviction. J'ai pris la commode en photo le premier soir, a-t-elle expliqué.

Elle a continué à fouiller jusqu'à ce que tous ses vêtements soient par terre.

– Pourtant je l'avais mis ici, j'en suis persuadée ! a-t-elle affirmé.

Je n'ai pas pu m'empêcher de la taquiner un peu.

– On ne peut jamais être complètement sûr.

– Moi si ! Je sais que je l'avais mis ici, a-t-elle assuré, furieuse.

Après avoir tout remis dans son tiroir, elle a ouvert le mien.

– Mais qu'est-ce que tu fais ? me suis-je indignée.

– Je cherche mon appareil photo ! a-t-elle répondu sèchement.

Son attitude m'a vexée.

– Mais c'est mes affaires ! Pourquoi il serait dans mon tiroir ?

Meja s'est relevée. Elle semblait plus hésitante.

– Parce que... je l'ai peut-être rangé là par accident.

– Tu aurais pu me demander la permission ! ai-je répliqué, me dépêchant de refermer mon tiroir.

Bea, qui était déjà prête, nous attendait devant la porte.

– La dernière fois que je l'ai vu, il était sur la table de chevet, a-t-elle affirmé.

Meja a soupiré.

– Oui, il y était, mais ensuite je l'ai rangé, parce que je ne voulais plus prendre de photos.

Elle a enfoui son visage dans ses mains.

– Mon frère ne me pardonnera jamais si je l'ai perdu, a-t-elle murmuré.

– On va t'aider à le retrouver, l'a rassurée Bea. Mais maintenant on doit vraiment y aller, sinon on sera en retard pour le cours de canoë !

Après deux heures de théorie, nous avons enfin pu faire du canoë. Équipés de nos gilets de sauvetage, de nos casquettes et couverts d'une bonne couche de crème solaire, nous glissions lentement sur le lac qui brillait au soleil, nous dirigeant vers une île qui se trouvait à quelques kilomètres. Là-bas, nous déjeunerions et nous nous baignerions avant de repartir.

Meja et moi étions dans le même canoë. Quand il avait fallu choisir son binôme, elle s'était précipitée vers moi. Impossible de refuser, même si j'aurais préféré être avec quelqu'un d'autre ! Bea pagayait avec Arvid et n'avait pas l'air particulièrement triste. J'entendais son rire alors qu'ils étaient loin devant nous.

Meja et moi, nous nous parlions à peine. Juste pour échanger des « un peu plus à droite » ou « fais attention ». Je ne savais pas quoi lui dire. J'avais l'impression de ne plus la connaître ! J'avais été interloquée par son accès de colère. Et je ne comprenais pas pourquoi elle avait fouillé dans mon tiroir... Pensait-elle vraiment que j'avais volé son appareil ?

Je fixais son dos et sa queue-de-cheval blonde qui se balançait au rythme de ses mouvements. Si elle avait pris ma bague, l'avait-elle fait juste pour plaisanter, ou pour une autre raison ? Quoi qu'il en soit, tout ça n'avait plus rien de drôle.

J'étais sur le point d'évoquer ma bague, lorsqu'elle m'a interpellée.

– Qu'est-ce qu'il y a ? ai-je crié.

– Pardon ! a-t-elle répété.

Comme je ne réagissais pas, elle a ajouté :

– Je suis désolée de m'être énervée. Et d'avoir fouillé dans ton tiroir. Je ne sais pas pourquoi j'ai fait ça.

– Pas de problème.

Ce n'était pas tout à fait vrai, mais je n'aime pas être fâchée avec les gens. J'y arrive juste pendant quelques heures, et encore ! Tout à coup, elle a arrêté de pagayer et s'est tournée vers moi.

– D'ailleurs, tu as compris ma blague ?

– Ouais...

Drôle de question. Bien sûr que j'avais compris !

– Alors, qu'est-ce qu'il a dit ? m'a-t-elle interrogée.

Je l'ai fixée, bouche bée.

– Mais de qui tu parles ?

– À ton avis ? De Melker, évidemment !

– Melker ? Il a quelque chose à voir avec ma bague ?

– Ta bague ? s'est exclamée Meja en riant. Vous n'allez quand même pas vous fiancer tout de suite !

À l'évidence, sa « blague » n'était pas du tout ce que j'avais imaginé.

– Explique-moi ! ai-je exigé.

Meja s'est contentée de sourire mystérieusement.

– Tu vas très vite comprendre !

Chapitre 10

Qu'est-ce que Meja avait bien pu inventer ? Je n'avais rien remarqué de spécial. Enfin... Melker m'avait souri plusieurs fois. Et pendant la baignade, il m'avait même prêté son masque de plongée. Mais cela n'avait rien à voir avec Meja, si ?

Meja a gardé le silence, bien sûr. Pourtant je n'arrêtais pas de la harceler. Je l'ai chatouillée, j'ai menacé de cacher des perce-oreilles dans ses draps et des crottes de nez dans son porridge du matin, mais ça n'a servi à rien ! Elle n'a fait que rire en me lançant des clins d'œil. Et je me suis mise à rire moi aussi. Je n'étais plus du tout en colère !

Le retour nous a pris deux fois plus de temps que l'aller ; le trajet n'était pas plus long, seulement il était difficile de pagayer en rigolant ! Notre canoë zigzaguait au lieu d'avancer, et parfois nous réussissions même à le faire reculer !

Björn, qui était obligé de nous attendre, avait l'air fâché. Mais aucune importance ! C'était tellement chouette d'être à nouveau amies ! J'étais contente que Meja se soit excusée et que sa blague n'ait rien à voir avec ma bague. Même si, bien sûr, j'étais triste de l'avoir perdue.

Avant le dîner, nous avions deux heures de temps libre. Ensuite, le kiosque à bonbons ouvrirait et, vers 23 heures, les animateurs nous proposeraient un parcours dans la forêt sur le thème des fantômes. Cela me rendait d'avance un peu nerveuse et Bea hésitait même à y participer à cause de l'histoire que Henny avait racontée et du cauchemar qu'elle avait fait la nuit précédente. Meja, en revanche, attendait la soirée avec impatience.

Nous avons à nouveau cherché l'appareil photo de Meja et ma bague, mais malgré nos efforts, nous n'avons trouvé ni l'un ni l'autre.

J'avais peur que Meja s'énerve, mais cette fois elle est restée calme.

– Quelqu'un a dû les voler, a-t-elle soupiré en s'asseyant à côté de moi sur le lit.

Oui, cela semblait être la seule explication.

– Mais qui ferait une chose pareille ? s'est étonnée Bea en s'installant en face de nous.

Je n'en avais aucune idée !

– Est-ce que ça pourrait être l'un de nous, je veux dire, quelqu'un de la colo ? a-t-elle poursuivi.

– Peut-être... a répondu Meja.

– Mais ce serait horrible !

– Je trouve que l'inverse serait presque pire. Ça voudrait dire qu'un inconnu a réussi à s'introduire dans le bâtiment pendant la nuit, ai-je commenté.

Bea avait l'air effrayée.

– Tu as raison ! Et cette personne pourrait être dangereuse... Il faut qu'on en parle aux animateurs !

Meja observait Bea.

– Tu crois ? Moi, je suis persuadée que c'est l'un d'entre nous.

– On doit quand même leur parler, ai-je dit.

– Je suis d'accord, sauf si on arrive à tirer au clair cette affaire nous-mêmes, a répondu Meja.

Bea s'est levée brusquement. Elle avait blêmi.

– Je vais aux toilettes, a-t-elle lancé avant de disparaître.

Meja s'est tournée vers moi.

– Je crois savoir qui c'est, a-t-elle annoncé.

– Ah bon ? Qui ?

Elle a jeté un coup d'œil circulaire dans la chambre avant de poursuivre :

– Bea.

– Bea ? ai-je chuchoté.

– Je n'ai pas envie que ce soit elle, c'est une chouette fille ! Mais si tu y réfléchis un peu, ça paraît évident.

Je ne voulais pas non plus que ce soit Bea. Elle était si gentille ! Et j'avais du mal à l'imaginer en voleuse.

– Pourquoi « évident » ?

– Eh bien, tu te souviens quand elle a dit qu'elle n'avait pas apporté son portable ?

J'ai acquiescé.

– En fait, je pense qu'elle n'en a pas. Et qu'elle n'a pas non plus d'appareil photo.

Je me suis adossée au mur, m'efforçant d'intégrer ce que Meja venait de suggérer.

– Mais... ai-je protesté, sans conviction.

– Elle est dans la même chambre que nous. Il lui suffisait de tendre le bras pour attraper ta bague !

J'ai gardé le silence.

– D'ailleurs, c'est la seule de nous trois qui n'a rien perdu, a poursuivi Meja.

Elle avait raison : tout collait ! Moi aussi, j'étais quasiment persuadée que Bea n'avait pas de téléphone. Sinon, elle nous aurait donné son numéro ! En plus, elle avait fixé le portable de Meja et ma bague avec envie et elle avait eu plein d'occasions de s'en emparer. Il y avait juste une chose qui clochait : Bea elle-même. Il était impossible que ce soit elle, tout simplement !

– Mais elle nous a aidées à chercher, ai-je fait remarquer.

– Et ?

J'ai haussé les épaules.

– À quoi tu penses ? a insisté Meja.

Bea est entrée dans la chambre à ce moment-là.

– Alors, vous avez trouvé le coupable ?

J'ai senti mes joues rougir, sans savoir que dire.

– Non. On a discuté d'autre chose... s'est empressée de répondre Meja.

Bea m'a regardée d'un air mystérieux.

– Je sais ce que c'est...

– C'est vrai ? ai-je fait.

Bea a éclaté de rire.

– Arrêtez ! Ça se voit tout de suite que vous avez parlé de Melker !

J'ai essayé de sourire.

– Il t'aime bien, c'est sûr. Il n'a pas arrêté de te fixer quand on était sur l'île, a-t-elle affirmé.

J'ai soupiré. Voilà pourquoi ça ne pouvait pas être Bea ! Elle était beaucoup trop sympa !

– Et qu'est-ce qu'on va faire pour la disparition de l'appareil photo et de la bague ? Je pense vraiment qu'on devrait en parler aux animateurs, a-t-elle poursuivi, l'air inquiète.

Meja s'est levée pour regarder par la fenêtre.

– Je ne sais pas. J'attendrais un peu, pour laisser au coupable une chance de regretter son geste.

J'observais Bea qui semblait approuver la proposition.

– Oui, tu as peut-être raison, a-t-elle dit, avant d'ajouter : Mais c'est quand même bizarre tous ces coups de malchance qui nous frappent...

Meja m'a fait un clin d'œil.

– Frappent qui ? Je trouve que le plus étrange, c'est qu'on ne soit pas toutes concernées...

De toute évidence, Bea n'a pas compris l'insinuation de Meja. En tout cas, elle n'a rien laissé paraître.

– Qui sait... peut-être que ça m'arrivera à moi aussi, a-t-elle murmuré.

Chapitre 11

Après le dîner, nous avons fait la queue devant le kiosque à bonbons et nous avons bien rigolé avec les garçons.

Nous avons essayé de doubler Kevin, Arvid et Melker de mille façons différentes, mais peine perdue. Melker m'a alors proposé de prendre sa place devant ses copains, mais j'ai refusé, et pour une bonne raison : il était derrière moi dans la file !

En vérité, j'avais presque oublié les soupçons de Meja vis-à-vis de Bea, jusqu'à ce que notre tour arrive enfin. Après avoir longuement hésité, j'ai fini par acheter un Fanta et un sachet de bonbons au cola. Meja a choisi une canette de Coca et un grand sachet de chips, alors que Bea n'a rien acheté du tout.

– Tu es sérieuse ? s'est étonnée Meja.

– Je ne mange pas de bonbons.

– Tu peux prendre des chips ou une canette, a répondu Meja en montrant ses achats.

– Non, je n'ai pas envie, a répondu Bea en fronçant le nez.

– Pourquoi tu as fait la queue alors ? a voulu savoir Meja.

– Je n'avais rien d'autre à faire ! a répondu Bea en haussant les épaules.

Puis elle s'est rapprochée de nous pour nous chuchoter à l'oreille :

– Et parce qu'il y a une certaine personne dans la queue… vous voyez ?

Meja a ri. Et s'il ne s'était rien passé de plus, je pense qu'elle aurait trouvé tout cela complètement normal. Mais quand, un peu plus tard, j'ai offert à tout le monde des bonbons et que Bea en a aussi pris un, Meja ne l'a plus lâchée.

– Je croyais que tu n'en mangeais pas, a-t-elle dit.

– C'est vrai… sauf quand on m'en offre, a répliqué Bea en mettant le bonbon dans sa bouche.

– Donc en fait, tu en manges mais tu n'en achètes pas, a résumé Meja.

Bea a hoché la tête.

– Dans ce cas, tu n'as qu'à me passer ton argent et j'en achète pour toi !

– Non, pas question.

– Et pourquoi ? a insisté Meja.

Bea a ri.

– Parce que.

Meja m'a lancé un regard signifiant « Tu vois ? ».

– Voilà l'explication la plus tordue que j'aie jamais entendue !

Pourquoi Meja insistait-elle autant ? Est-ce qu'elle voulait que Bea avoue qu'elle n'avait pas d'argent ? Ou bien était-ce parce qu'elle ne l'aimait pas ? Quant à moi, j'en connaissais d'autres qui ne mangeaient des bonbons que si l'occasion se présentait !

Je me suis affalée sur mon lit, mes écouteurs sur les oreilles, un bonbon dans la bouche. À la maison, je passe ma vie avec mon MP3, mais ici c'était la première fois que je le sortais de mon sac. J'avais besoin de m'isoler pour réfléchir. Tout était si compliqué.

J'ai jeté un coup d'œil à Bea. Allongée, elle était en train de remplir son journal intime. J'aurais pu remplir le mien moi aussi, mais j'avais la flemme. La voix magnifique de Beyoncé résonnait dans ma tête et je me sentais détendue. Parfois Bea faisait des grimaces, parfois elle fronçait les sourcils, mais la plupart du temps, elle souriait, et je me disais qu'elle devait écrire sur Arvid. Peut-être aussi sur Meja et moi.

Meja était restée au kiosque avec les garçons. Elle avait du mal à s'éloigner de Kevin. Ces deux-là n'arrêtaient pas de se taquiner !

– Vérifiez que tout est à sa place, nous avait-elle dit à Bea et moi au moment où nous repartions.

Et elle m'avait fait un clin d'œil.

Bea continuait à écrire. Son stylo violet courait sur la page. Tout à coup, j'ai été frappée par l'idée que son journal confirmerait ou infirmerait de façon certaine sa culpabilité... Elle y mentionnait forcément l'appareil photo de Meja et ma bague !

Une seconde après, j'ai regretté ma pensée. Pas question de lire le journal intime de Bea. Ça ne se faisait pas ! Et Bea n'était pas coupable, c'était sûr !

Je lui ai offert des bonbons.

– Ton stylo est vraiment super ! ai-je commenté.

Je le pensais, bien sûr, mais là je l'avais dit surtout parce que j'avais honte.

– Merci ! C'est mon stylo préféré. Je n'utilise que celui-là.

Elle a souri, mais j'ai vu dans ses yeux que quelque chose n'allait pas.

– En fait... je... euh... ne participerai pas au parcours fantôme ce soir.

Elle nous avait déjà parlé de ses hésitations, mais sa décision m'a quand même surprise.

– Tu es sûre ? Ce serait chouette que tu viennes !

– Ça me fait peur. Tu sais bien ce qui s'est passé l'autre nuit...

J'ai soupiré.

– Oui, je te tiendrai la main si tu veux !

Bea a ri.

– Il y aura peut-être quelqu'un d'autre qui voudra que tu le tiennes par la main...

Elle avait sans doute raison. En tout cas, j'avais eu cette impression devant le kiosque.

– Dis... j'ai un truc à te demander... je crois que Meja... a commencé Bea sans terminer sa phrase.

– Que Meja quoi ?

Je sentais mon cœur battre de plus en plus vite.

Bea a haussé les épaules.

– Rien. Oublie !

J'ai fermé les yeux, soulagée. Une fois la chanson de Beyoncé terminée, tout est devenu silencieux et j'ai entendu comme un chuchotement.

– Comment ? ai-je lancé en me tournant vers Bea, persuadée qu'elle m'avait parlé.

Elle a relevé les yeux de son journal.

– Je n'ai rien dit, a-t-elle affirmé.

Je l'ai fixée avec stupeur.

– Vraiment ? Tu en es sûre ?

Elle a souri.

– Ça devait être dans ta tête... en tout cas, ce n'était pas moi !

Chapitre 12

En partant, j'ai laissé mon MP3 à Bea. Elle m'a assuré qu'elle savait l'utiliser, parce qu'elle en avait un presque identique chez elle. Je n'ai pas pu m'empêcher de me demander si c'était vrai, mais hors de question d'en parler à Meja !

Au début du parcours fantôme, nous avons été répartis en groupes de deux. Meja cherchait Kevin, mais il était avec Melker. Du coup, nous avons fait équipe. Ensuite, chaque binôme a reçu une carte, une lampe de poche et on nous a conseillé d'être prudents.

– On ne sait jamais sur qui on peut tomber dans le noir, a plaisanté Björn.

Les équipes prenaient le départ toutes les cinq minutes et nous étions les dernières. Mais ce n'était pas grave, nous attendions notre tour juste derrière Kevin et Melker !

Melker et moi n'avons pas beaucoup parlé, mais Meja et Kevin se taquinaient comme d'habitude.

– Oh là là, ça va être flippant ! Surtout pour vous ! a fait Kevin.

– Et pourquoi surtout pour nous ? a répliqué Meja.

– Parce que vous êtes des filles !

– C'est quoi le rapport ?

– Les meufs sont plus peureuses que les gars ! a rigolé Kevin. Tout le monde le sait !

– N'importe quoi !

– Je te promets ! Ça a quelque chose à voir avec les gènes, et ça a même été scientifiquement démontré !

Meja a éclaté de rire.

– On verra qui flippera le plus…

Ça n'a pas super bien commencé pour Meja et moi. En longeant le chemin vers l'abri de jardin, nous avons entendu du bruit provenant du local de sport. Comme une voix qui chuchotait. D'après notre carte, il ne devait pas y avoir de balise à cet endroit, mais Meja a tenu à y jeter un coup d'œil. La porte était légèrement entrouverte. Malgré toutes nos précautions, elle a grincé bruyamment lorsque nous l'avons ouverte.

Nous nous sommes regardées. Il faisait sombre à l'intérieur et la voix s'était tue.

– Tu vois, ce n'était rien ! On s'en va ! me suis-je exclamée.

Mais les yeux de Meja brillaient d'excitation.

– C'est peut-être une balise surprise. On entre !

À contrecœur, j'ai suivi Meja qui éclairait le local avec sa lampe de poche. J'y avais été un jour chercher des équipements pour jouer au volley, mais dans le noir tout paraissait différent. Les buts, les paniers et les ballons prenaient des allures irréelles sous le faisceau de la lampe. J'osais à peine respirer. Pourtant, tout était calme.

– On s'en va ! ai-je insisté.

Meja a accepté, l'air déçue.

Nous étions sur le point de repartir lorsque soudain nous avons entendu un craquement derrière nous. Meja s'est retournée et a pointé sa lampe en direction du bruit. Dans un coin, nous avons distingué une paire d'yeux grands ouverts dans un visage blême. Pendant un instant, j'ai cru que mon cœur avait cessé de battre, et je me suis mise à hurler. Meja a fait pareil.

Puis nous avons reconnu Henny et avons éclaté d'un rire hystérique.

– Ça ne va pas ou quoi ? Tu voulais nous faire peur ? a demandé Meja.

– Pardon, a dit Henny en souriant timidement.

– Qu'est-ce que tu fais ici ? ai-je voulu savoir.

– Rien de spécial…

Meja a secoué la tête, incrédule.

– Rien de spécial… vraiment ? On ne passe pas son temps dans un local de sport où il fait nuit noire sans raison !

– Je… euh… je voulais prendre un ballon. Puis vous êtes arrivées… et je ne voulais pas vous effrayer.

– Alors tu t'es cachée dans un recoin et tu as gardé le silence ? s'est énervée Meja.

Henny a acquiescé.

– C'est qui, ton binôme ? ai-je voulu savoir.

– Et pourquoi tu n'as pas de lampe ? a ajouté Meja.

– C'est Sara. Elle l'a prise pour aller aux toilettes.

– D'accord… Mais tu nous as drôlement fait peur ! Je crois même que je n'ai jamais eu aussi peur de toute ma vie ! ai-je avoué en riant.

Après cet incident, les animateurs ont eu beau faire de leur mieux, rien sur notre parcours ne pouvait être aussi horrible que la rencontre avec Henny. Ni les masques de fantômes, ni les cris rauques, ni les squelettes qui pendaient aux arbres ! Il nous arrivait de sursauter, mais la plupart du temps nous rigolions.

Et à la fin du parcours, il s'est passé quelque chose de vraiment cool... Nous avons rattrapé Kevin et Melker qui n'étaient plus qu'à quelques mètres devant nous. Meja m'a regardée d'un air complice, elle a fait « chut ! » et elle a éteint sa lampe. Puis nous avons suivi discrètement les garçons jusqu'au petit hangar à bateaux. Kevin faisait moins le malin à présent.

– C'est fou comme il fait noir là-dedans ! Il n'y a pas un interrupteur quelque part ?

– À ton avis ? a rétorqué Melker en rigolant.

– Je peux avoir la lampe de poche ?

– Non ! Maintenant, c'est à mon tour de l'avoir !

Kevin a soupiré.

– D'accord, mais reste à côté de moi. Et éclaire un peu pour qu'on puisse voir quelque chose.

Meja et moi nous couvrions la bouche pour ne pas rire.

– Bon, on s'en va ? Il n'y a rien ici ! a poursuivi Kevin.

À peine sa phrase terminée, il a poussé un cri d'effroi et il est sorti du hangar en courant. Melker le suivait, la lampe de poche à la main.

– Mais qu'est-ce qui t'arrive ? Attends-moi ! s'est-il écrié.

– C'est pire que tout ! Jamais eu si peur ! a répondu Kevin en s'asseyant sur un rocher.

Il tremblait, hors d'haleine.

– Explique ! l'a encouragé Melker.

– J'ai senti une main m'attraper la cheville… a bafouillé Kevin.

Meja et moi avons échangé un regard en silence.

Melker s'est assis à côté de Kevin.

– C'était certainement juste un bout de corde. Il y en avait plein qui traînaient sur le sol, l'a-t-il rassuré.

Toujours essoufflé, Kevin a éclaté de rire.

– Purée, quelle frayeur ! s'est-il exclamé.

À ce moment-là, Meja a allumé notre lampe de poche.

– Coucou les gars ! les a-t-elle salués en agitant la main.

Étonnés, les garçons se sont tournés vers nous.

– Ça fait longtemps que vous êtes là ? s'est inquiété Kevin.

– Suffisamment longtemps, a répondu Meja avec un sourire en coin.

Kevin a retiré sa casquette et s'est mis à fixer le sol.

Meja, Melker et moi avons rigolé.

– C'était quoi déjà, ce qui a été « scientifiquement démontré » ? Tu peux répéter ? a triomphé Meja.

Nous avons décidé de finir le parcours fantôme ensemble. Meja discutait avec Kevin, et moi avec Melker. Melker avançait lentement et nous avons fini par nous retrouver loin derrière Meja et Kevin. Je pense que c'était voulu, car au bout d'un moment il s'est arrêté, il m'a regardée et il a murmuré :

– Je t'aime bien aussi.

Je l'ai regardé, étonnée. Pourquoi « aussi » ? Comment pouvait-il savoir ? Et soudain je me suis rappelé la blague de Meja. Elle avait dû dire à Melker que je le trouvais mignon !

Je ne savais pas comment réagir, si j'étais censée dire « merci » ou « super ». Alors je me suis contentée de sourire. Melker a fait de même. Puis Kevin et Meja nous ont rejoints nous demandant ce qui se passait.

– Rien, avons-nous répondu.

Meja m'a fait un clin d'œil.

– Ça, je ne suis pas obligée de le croire !

Une fois le parcours fantôme terminé, nous nous sommes assis sur les escaliers du bâtiment principal pour discuter. Il faisait encore doux, et nous y serions restés longtemps si Björn n'était pas venu nous dire d'aller nous coucher.

– Alors, ce parcours, vous avez eu peur ? nous a-t-il demandé, alors que nous nous relevions à contrecœur.

– Elvira et moi, pas vraiment, mais j'en connais un qui a eu la frayeur de sa vie, a répondu Meja en lançant à Kevin un coup d'œil taquin.

– Rira bien qui rira le dernier ! Tu vas voir ! a-t-il menacé, avant de rigoler.

Quand Meja et moi sommes rentrées, Bea dormait à poings fermés, les écouteurs sur les oreilles et le MP3 toujours en marche. Cela nous a fait sourire. Je me suis contentée d'éteindre sa lampe. Je ne voulais pas la réveiller. Et nous nous sommes couchées.

Chapitre 13

Nous dormions profondément Meja et moi quand tout à coup nous avons été arrachées de notre sommeil par les cris de Bea. J'étais en train de rêver que je m'étais égarée dans une maison hantée et, du coup, j'étais presque contente d'avoir été réveillée ! Cette fois je savais ce qui s'était passé.

J'ai allumé ma lampe et j'ai aperçu Bea assise sur son lit, son oreiller serré contre elle. Elle ne disait rien, elle ne pleurait pas, mais elle tremblait.

– C'était un cauchemar, il n'y a personne ici, ai-je chuchoté.

– Qu'est-ce qu'il y a ? Pourquoi tu as crié ? a demandé Meja en bâillant.

– Ce n'est rien ! Bea a juste fait un mauvais rêve, ai-je répondu.

– Non, ce n'était pas un rêve. Je l'ai vu pour de vrai.

– Tu as vu qui ? a demandé Meja.

– Le fantôme. La fille en robe blanche.

– Les fantômes n'existent pas, tu peux me croire ! a soupiré Meja

– Tu as rêvé, ai-je répété.

Blême, Bea me fixait de ses yeux écarquillés.

– Mais je ne dormais pas, a-t-elle protesté.

– C'est ce que tu crois, mais tu te trompes...

– J'étais réveillée. Je venais de retirer les écouteurs !

Il y a eu un silence. J'ai senti un frisson parcourir mon dos et mes poils se sont hérissés. Mais c'était forcément un rêve, non ?

– À quoi elle ressemblait ? a demandé Meja au bout d'un moment.

– Je ne sais pas vraiment... a murmuré Bea.

– Elle était grande ou petite ? Grosse ou mince ? a poursuivi Meja.

Bea m'a regardée.

– Elle était un peu comme Elvira, a-t-elle dit doucement.

Comme moi ? Au début j'ai trouvé cette observation désagréable, mais ensuite j'ai eu une idée.

– Peut-être que c'était moi, ai-je annoncé.

– Comment ça ? s'est exclamée Meja en se penchant vers nous.

– Ma mère dit que ça m'arrive de marcher en dormant, ai-je expliqué.

– Tu veux dire que tu ne t'en rends pas compte ? s'est étonnée Meja.

– Non, je dors profondément.

Meja a ri.

– L'énigme est résolue ! Le fantôme n'est autre que notre Elvira !

Mais Bea ne paraissait pas satisfaite. Elle a fermé les yeux comme si elle s'efforçait de se souvenir, puis elle a secoué la tête.

– Ça ne colle pas. Elle avait les cheveux roux, a-t-elle déclaré.

Il y a eu un nouveau silence. Puis subitement Meja s'est mise à glousser.

– C'était Kevin ! Je parie que c'était lui !

– Kevin ? Mais il n'est pas roux ! me suis-je écriée.

– Non, mais il a pu mettre une perruque... je suis sûre que c'était lui !

Bea a protesté, elle aussi, mais Meja a insisté et a fini par nous convaincre. C'était Kevin. Il n'y avait pas d'autre explication.

Chapitre 14

La pluie battait contre les vitres quand nous avons ouvert le store. Le ciel était gris, le soleil disparaissait derrière la couche de nuages.

Nous nous attendions – surtout Meja – à ce que Kevin se moque de nous au petit-déjeuner, à tort : comme tous les matins, il somnolait sur sa tartine au fromage et n'a même pas levé les yeux à notre arrivée. Il n'a pas réagi non plus quand Meja lui a demandé s'il s'était bien amusé cette nuit.

– Quoi ? a-t-il fait simplement sans lever la tête.

– C'était chouette de jouer le fantôme ? a poursuivi Meja.

Là, il a enfin levé les yeux en soupirant et a appuyé le menton sur sa main.

– De quoi tu parles ?

Meja a rigolé.

– Du fantôme aux cheveux roux qui nous a rendu visite cette nuit ! Malheureusement, Bea a été la seule à l'apercevoir, elle a eu drôlement peur !

Kevin l'a fixée comme s'il avait vu un fantôme, justement.

– Je ne comprends rien. Qu'est-ce que j'ai à voir avec ça ?

Meja lui a lancé un regard moqueur.

– À toi de me le dire !

Kevin a juré qu'il n'avait rien fait. Melker et Arvid semblaient aussi étonnés que lui.

– Je continue à penser que c'était Kevin, a déclaré Meja une fois de retour dans notre chambre.

– Ça m'étonnerait ! Il était trop convaincant, ai-je commenté.

Bea a approuvé.

– Alors c'est quoi, l'explication ? s'est enquise Meja.

J'ai haussé les épaules. Je n'en avais aucune idée.

Ce jour-là, le programme prévoyait une balle aux prisonniers et la construction d'un radeau, mais comme il pleuvait, les animateurs ont décidé de se rabattre sur des activités d'intérieur : de la peinture, des jeux de société ou un karaoké pour la matinée et des films pour l'après-midi.

– Je m'inscris au karaoké, a annoncé Meja.

– Moi aussi, me suis-je écriée.

J'adore chanter !

– Et toi, Bea, qu'est-ce que tu vas faire ? a demandé Meja.

– Rien, je crois que je vais rester ici à lire et... écrire dans mon journal intime.

Meja m'a regardée en haussant les sourcils. J'en avais marre de ses insinuations !

En fait, je craignais que Bea se sente exclue. Elle m'avait semblé un peu triste le matin quand Meja et moi avions parlé du parcours fantôme. Et de Kevin et Melker.

– OK, fais comme tu veux, a dit Meja.

– Je te prête mon MP3 ! Et si tu changes d'avis, n'hésite pas à nous rejoindre, ai-je ajouté.

– C'est gentil, merci ! Au fait... je crois savoir ce que tu as entendu hier quand tu m'as demandé si je t'avais parlé...

J'avais presque oublié cet incident.

– Ah bon, c'était quoi ?

– Sur ton MP3, il y a un petit bruit entre deux morceaux, comme un chuchotement...

Je l'ai regardée.

– C'est bizarre. Il n'a jamais fait ça avant.

– Tu viens ou pas ? J'ai envie de chanter ! s'est exclamée Meja, impatiente.

J'ai souri à Bea.

– Bon, on verra ça plus tard. Tu peux quand même le prendre si tu veux !

Impossible de dire combien de temps nous avions chanté quand Bea est arrivée. Peut-être une heure, peut-être un peu plus. Nous venions de commencer *Waterloo* d'Abba en duo avec Kevin et Melker comme choristes, quand tout à coup elle est apparue. Au début, j'ai cru qu'elle avait changé d'avis et qu'elle voulait se joindre à nous, puis j'ai vu son expression.

– Qu'est-ce qu'il y a ? On est en train de chanter, a fait Meja, irritée.

– Je sais, mais j'ai quelque chose d'important à vous demander… Vous n'auriez pas vu mon stylo ?

Meja a soupiré.

– Ton stylo ?

– Oui, mon stylo à paillettes violet.

Meja a haussé les épaules. Elle trouvait Bea ridicule.

– Je ne l'ai pas vu depuis hier soir, ai-je affirmé.

Bea se mordillait les lèvres et les larmes n'étaient pas loin.

– Alors il a disparu lui aussi.

Meja n'a rien dit, et je ne savais pas comment réagir. Tout ça me dépassait !

– Tu veux qu'on t'aide à le chercher ? ai-je suggéré enfin.

– Ce ne sera pas la peine. J'ai déjà fouillé partout dans la chambre, a murmuré Bea. Il n'y est pas.

Nous sommes quand même retournées dans la chambre. Bea marchait la première, Meja et moi, quelques pas derrière elle. J'étais plongée dans mes pensées lorsque Meja a agrippé mon bras.

– À mon avis, elle l'a caché, m'a-t-elle chuchoté à l'oreille.

– Quoi ? Explique-toi !

– Elle veut nous fait croire que son stylo a disparu pour qu'on ne la suspecte pas, voilà ce que je pense.

– Mais elle avait l'air super triste, ai-je protesté.

– Tu as déjà entendu parler des « larmes de crocodile » ? a rétorqué Meja.

Nous n'avons pas cherché longtemps. Le stylo avait bien disparu, tout comme ma bague et l'appareil photo.

Bea s'est allongée sur son lit, le visage tourné vers le mur. Je me suis assise sur le mien, et Meja s'est installée par terre, le dos contre la commode. La pluie s'était intensifiée, les gouttes frappaient contre la vitre avec force.

– Je vous avais bien dit qu'il m'arriverait malheur à moi aussi, a murmuré Bea.

Meja m'a lancé un regard complice.

– C'est vrai que tu l'as dit hier, a-t-elle commenté.

– On ne pourrait pas changer de chambre ? Je ne veux plus rester dans celle-ci ! a suggéré Bea.

– Ça m'étonnerait que la chambre y soit pour quelque chose, a observé Meja, en souriant.

– Peut-être pas, mais tout ça est quand même super bizarre. Ces affaires qui disparaissent et cette fille que j'ai vue...

– Ça me dépasse, moi aussi, ai-je avoué.

– Et pourquoi nous avoir prises pour cible ? s'est exclamée Bea.

Meja m'a jeté un coup d'œil avant de réagir.

– Aucune idée ! Enfin, je peux comprendre que quelqu'un vole la bague d'Elvira et mon appareil photo, ce sont des objets de valeur. Mais ton stylo… je veux dire… il ne vaut pas grand-chose !

Bea s'est tournée vers elle.

– Tout ne se mesure pas en argent… Ma tante m'a offert ce stylo une semaine avant de mourir, il a donc beaucoup de valeur pour moi, a-t-elle dit avant que sa voix se brise.

– Pardonne-moi. Je ne voulais pas te vexer… je ne savais pas… a murmuré Meja.

Bea s'est levée pour fixer la pluie qui tombait.

– Qu'est-ce qu'on fait alors ?

Meja s'est levée à son tour.

– On va en parler à Jennifer. Ce sont des vols !

Chapitre 15

Jennifer nous écoutait d'un air inquiet.

– Vous voulez dire que tous ces objets ont disparu pendant la nuit ? a-t-elle demandé.

– C'est ce qu'il nous semble en tout cas, a répondu Bea.

– Et vous êtes sûres que vous ne les avez pas juste égarés ?

– Oui, on a cherché partout. Notre chambre n'est pas très grande, a expliqué Meja.

Jennifer a froncé les sourcils.

– Peut-être que quelqu'un fait ça pour plaisanter... Vous pensez que c'est possible ?

– Oui, même si on ne trouve pas ça super drôle, a murmuré Bea.

– Non, je suis d'accord, mais tout le monde ne partage pas nécessairement cet avis, a observé Jennifer avec une petite grimace.

Puis tout à coup elle a souri.

– Vous êtes souvent avec Kevin et ses copains... Et si c'étaient eux ?

Bea, Meja et moi avons échangé un regard.

– Ça nous paraît peu probable, ai-je dit.

– Je ne sais pas vraiment quoi faire, a soupiré Jennifer après un silence. Vous êtes responsables de vos affaires, mais il va de soi qu'on doit essayer de tirer au clair ce qui s'est passé. Je vais en parler à mes collègues.

Les animateurs ont décidé d'organiser une réunion. Après le déjeuner, nous avons été invités à rester dans la salle, qui a été réaménagée ; les chaises ont été disposées en cercle. Les jeunes se regardaient d'un air interrogateur, certains impatients, d'autres un peu inquiets.

– Vous vous demandez certainement la raison de cette réunion, a commencé Björn une fois tout le monde installé.

Il y a eu des hochements de tête.

– Tout porte à croire qu'il y a eu des vols à la colo, et nous voudrions savoir si vous avez remarqué quelque chose. Ou si vous avez perdu des objets personnels, a-t-il poursuivi.

Un silence pesant a suivi.

– Vous pouvez nous dire qui sont les victimes ? a finalement demandé Kevin.

– Les noms ne sont pas importants, ni les objets en question. Inutile de les évoquer, a répondu Björn. Mais avez-vous observé des choses inhabituelles ?

Des chaises ont grincé.

– Rien vu, rien entendu ?

– Ça s'est passé quand exactement ? s'est enquis Arvid.

– Pendant la nuit, c'est ce qu'il semblerait en tout cas. Il y a eu un vol par nuit.

Certains se sont mis à chuchoter.

– Vous pensez qu'il s'agit d'un *vrai* voleur ? a bafouillé Henny.

Comme elle ne prenait la parole que rarement, tous les regards se sont tournés vers elle. J'ai réalisé avec stupeur que Henny était rousse et qu'elle faisait à peu près la même taille que moi.

Björn a souri.

– Mais tous ceux qui commettent des vols sont des *vrais* voleurs, non ?

– Oui, bien sûr. Je voulais dire, est-ce que c'est un inconnu ? a précisé Henny.

Jennifer a secoué la tête.

– C'est improbable. Vous l'auriez remarqué à un moment ou un autre.

– Pendant la nuit, tout le monde dort ! a protesté Kevin.

– C'est juste, mais les portes d'entrée sont fermées à clé, a répondu Jennifer.

Il y a eu un nouveau silence. La situation devenait très embarrassante.

– Dans ce cas, c'est forcément l'un de nous, a fait remarquer Melker.

J'ai jeté un coup d'œil circulaire sur la salle. Les jeunes se regardaient avec inquiétude et étonnement. Et personne n'affichait un air coupable.

– Comme vous le savez, vous devez respecter certaines règles. Nous les avons évoquées ensemble à votre arrivée et la plupart d'entre elles sont assez évidentes. Il est interdit de quitter l'enceinte de la colo sans animateur, de se baigner sans surveillance, de fumer, de salir les locaux, de jurer ou d'insulter les autres. Et évidemment, de voler ! En résumé, vous devez être bienveillants les uns envers les autres, nous a rappelé Björn.

Il a marqué une petite pause en nous fixant d'un regard grave.

– Celui ou celle qui transgresse ces règles devra rentrer chez lui sans délai, a-t-il poursuivi.

– Voilà, maintenant c'est clair, a ajouté Jennifer. Mais j'espère vivement que tout s'arrangera sans que personne ait besoin de repartir. Vous êtes d'accord ?

Nous avons acquiescé.

– Si vous ne voulez pas parler devant vos camarades, vous pouvez aller voir un animateur après cette réunion. Je suis sûre qu'il y a une explication naturelle à tout ça ! a-t-elle conclu.

Soudain, Kevin a pouffé de rire.

– Ou surnaturelle ! Si ça se trouve, c'est le fantôme de Henny, le coupable !

Chapitre 16

Cet après-midi-là, les vols ont été sur toutes les lèvres. D'un côté, on se demandait qui était la victime et, de l'autre, ce qu'elle avait perdu. Mais la question principale demeurait : qui avait bien pu faire ça ?

Bea, Meja et moi en parlions aussi, bien sûr, sans que cela ne mène nulle part. Tout le monde semblait innocent ! Je n'ai pas mentionné Henny, parce que, simplement, cela ne pouvait pas être elle. La timide et discrète Henny !

Le calme est finalement revenu quand les animateurs nous ont proposé un film. Nous avions le choix entre une comédie, un film d'action et un film d'amour. Le choix a été serré entre les deux derniers, mais finalement, à ma grande joie, l'amour a gagné !

Kevin râlait et menaçait de quitter la salle, mais quand Meja lui a promis qu'il pourrait venir sur ses genoux, il a accepté de rester. J'étais assise à côté de Melker sur un canapé et c'était hyper cool. Je ne me souviens pas du film, mais impossible d'oublier son bras nu contre le mien ! J'ai remarqué qu'Arvid tenait Sara par la main. Bea n'a pas dû s'en apercevoir.

En revanche, quand ils sont arrivés au dîner main dans la main, tout le monde les a vus ! Bea est devenue triste mais a fait comme si de rien n'était.

– Sara ? s'est étonnée Meja. Et moi qui étais convaincue qu'il t'appréciait !

Bea n'a pas répondu.

Meja et moi avons essayé de plaisanter et de changer de sujet, mais Bea est restée muette. Elle a à peine touché son repas.

– Le plat ne te plaît pas ? l'ai-je interrogée.

Bea a secoué la tête.

– On va demander si tu peux avoir autre chose ! a proposé Meja.

Bea a repoussé son assiette et s'est levée.

– Je ne me sens pas très bien. Je vais me coucher.

– Je viens avec toi ! ai-je annoncé.

– Non, je crois que j'ai besoin d'être seule.

Je l'ai rejointe sitôt mon repas terminé. Hors de question de la laisser broyer du noir ! Meja a promis de nous rejoindre aussi vite que possible. Bea avait besoin de réconfort.

Certaine qu'elle serait en train de pleurer dans son lit, j'ai été surprise de la trouver assise par terre, un tas de petits bouts de papier devant elle. D'un air déterminé, elle déchirait, une à une, les pages de son journal intime en les transformant en confettis.

– Mais qu'est-ce que tu fais ? ai-je demandé, même si j'avais déjà compris.

Bea a déchiré encore une page.

– J'efface une partie de mes souvenirs.

Avec application, elle a déchiré la page en mille morceaux. Ensuite, elle a fermé son journal et l'a posé sur la table de chevet.

– Ça y est, c'est fini !

– Tu te sens mieux ?

Bea a souri.

– Oui, un peu mieux. Et d'ailleurs, je trouve que c'est Isak le plus mignon. Je le pense depuis le début !

Meja est arrivée au moment où Bea jetait les morceaux de papier dans la corbeille. Elle s'est arrêtée sur le seuil pour nous fixer.

– Qu'est-ce qui se passe ?

– Je fais le ménage, a annoncé Bea en esquissant un sourire.

Meja avait l'air énervée, et j'ai eu peur qu'elle suspecte Bea à nouveau. Mais cette fois, c'était à mon tour d'être visée.

– Où est mon appareil photo ? a-t-elle vociféré.

– Comment ça ? me suis-je étonnée.

Meja s'est contentée de sortir son téléphone de sa poche et de lire le SMS que je lui avais envoyé : *Je sais que tu as pris la bague d'Elvira. Si tu ne la rends pas immédiatement, tu vas perdre un objet qui t'appartient. Pires salutations, le fantôme de la chambre 213.*

– C'était une plaisanterie, ai-je murmuré.

– Super drôle, bravo ! s'est écriée Meja. Mais maintenant, je voudrais bien le récupérer.

Bea nous observait les yeux écarquillés.

– Je ne l'ai pas pris, je te jure. Je t'ai envoyé ce SMS parce que je croyais que tu...

– ... que j'avais pris ta bague. Ah ça, je l'avais compris ! a répliqué Meja.

– Non, je pensais que...

– Je te remercie ! Tu es une vraie amie ! a crié Meja.

J'ai senti la colère monter. De quel droit me parlait-elle sur ce ton ?

– Je croyais que tu me faisais une blague, ai-je expliqué.

Mais elle ne m'écoutait pas.

– Je ne comprends pas comment tu as pu imaginer ça une seule seconde ! a-t-elle poursuivi.

Là, c'en était trop.

– Tu plaisantes ? Tu as déjà oublié que toi, tu suspectais Bea ! ai-je asséné.

J'ai immédiatement regretté cette révélation, mais impossible de revenir en arrière.

– Comment ? Tu pensais que… que c'était moi ? a bredouillé Bea.

Meja a baissé la tête.

– Peut-être qu'on pourrait essayer de se faire confiance à présent ? a proposé Bea après un long silence.

Meja et moi nous sommes regardées, puis nous avons accepté. Il était temps !

– Mais je ne comprends pas qui ça peut être, a soupiré Meja.

– Moi non plus ! me suis-je exclamée.

Bea a ramassé le reste des morceaux de papier et les a lancés un à un dans la corbeille.

– J'ai une idée, a-t-elle annoncé après avoir terminé.

– Alors c'est qui ? s'est écriée Meja

Bea a souri.

– Ça, je l'ignore. Mais je sais comment le découvrir !

– Alors ? Explique ! ai-je exigé.

Bea a fixé la porte.

– On n'a qu'à monter la garde cette nuit…

Chapitre 17

Quand Meja a rendu son portable, Jennifer m'a proposé de téléphoner. Comme j'avais suivi Bea, je n'avais pas pu le faire après le repas. Mais je ne voulais appeler personne.

– Je suppose que vous n'avez pas retrouvé la bague et l'appareil photo, nous a demandé Jennifer.

– Non. D'ailleurs, vous avez du nouveau ? Est-ce que quelqu'un est venu vous parler ? a demandé Bea.

– Non, personne. En tout cas, pas pour l'instant.

Ensuite, nous avons joué à cache-cache. Étant donné qu'il pleuvait sans discontinuer, les animateurs nous ont autorisés à investir le bâtiment principal. Seules les chambres étaient interdites.

C'était chouette, même s'il était difficile de trouver de bonnes cachettes. Toutes celles qui me venaient à l'idée étaient déjà prises. Du coup, j'ai été chercheuse à deux reprises. La première fois, j'ai trouvé Kevin, qui s'était caché sous le canapé dans la salle de jeux, et la seconde fois, Henny, complètement par hasard. J'entrais dans notre chambre pour prendre un bonbon quand j'ai aperçu ses cheveux roux qui dépassaient de sous mon lit.

– Henny ? Mais qu'est-ce que tu fais là ? me suis-je exclamée.

– Je me cache, a-t-elle répondu en s'extirpant de sa cachette.

– On n'a pas le droit d'entrer dans les chambres !

Henny n'a pas réagi.

– T'inquiète, ce n'est pas grave. Et tu viens d'être découverte, de toute façon, l'ai-je rassurée.

Je lui ai proposé des bonbons en souriant. Mais je ne pouvais pas m'empêcher de penser au fantôme aux cheveux roux de Bea.

J'ai passé le reste de la soirée cachée sous un gros tas de plaids dans la salle d'activités. C'était de loin la meilleure cachette au monde. D'abord, personne ne m'a trouvée, et surtout, j'étais en bonne compagnie : Melker y était aussi ! Il y faisait super chaud mais c'était vraiment très très cool.

Tout le monde était excité après la partie de cache-cache et, au moment de se coucher, il y en avait qui couraient encore dans les couloirs. Björn et Jennifer ont eu du mal à se faire obéir, si bien qu'il était presque 23 heures 30 quand le calme est enfin revenu.

Après avoir éteint les lumières, Meja a rejoint Bea qui était assise sur son lit, le menton posé sur ses genoux pliés.

– Qu'est-ce qu'on fait ? a-t-elle demandé.

– On attend, a répondu Bea.

C'était bizarre de rester assises dans le noir sans bouger, mais il fallait que notre visiteur nocturne nous croie endormies. C'était le plan !

– Vous croyez que c'est cette fille aux cheveux roux qui a pris nos affaires ? ai-je demandé.

– Bah… non. Enfin, si c'était Kevin déguisé, il ne nous aurait jamais rien pris, a assuré Meja.

Dans la pénombre, j'ai vu Bea secouer la tête.

– Ce n'était pas Kevin. Cette fille était beaucoup plus petite. De la taille d'Elvira, a-t-elle affirmé.

– Ou de Henny ? ai-je chuchoté.

Bea et Meja m'ont regardée. Le blanc de leurs yeux brillait à la faible lueur de la lune. Nous n'avions pas fermé le store, et à présent le ciel était dégagé.

– Henny ? s'est étonnée Meja.

– Ben oui, elle est rousse... ai-je balbutié.

Meja et Bea ont protesté.

– Oui, je sais, ça ne colle pas. C'était juste une idée.

Il y a eu un silence. J'avais imaginé que ce serait compliqué de rester éveillée, mais là il me semblait impossible de fermer l'œil. Je sentais mon corps se crisper et mon regard se dirigeait constamment vers la porte. Peut-être aurions-nous bientôt la réponse à ce mystère !

– Si ça se trouve, c'est un inconnu, a dit Bea au bout d'un moment.

– Franchement, ça m'étonnerait, a soupiré Meja. Les portes sont fermées à clé. Et qui ferait ça, à ton avis ?

Bea a pris une profonde inspiration, comme si elle hésitait à poursuivre, puis elle a répondu :

– C'est peut-être le fantôme dont Henny a parlé...

Meja a ri. Moi, j'ai senti un frisson me parcourir.

– Mais non, tu ne vas pas recommencer ! Les fantômes n'existent pas, hein, Elvira ?

En temps normal, j'aurais bien sûr donné raison à Meja, mais à ce moment-là, l'explication de Bea ne me semblait pas totalement inconcevable. Sans doute parce qu'il faisait nuit et que le silence régnait.

– Non, mais je reconnais que tout ça prend des allures étranges.

– Tu veux dire quoi par « tout ça » ? a voulu savoir Meja.

– La plaque d'immatriculation... et le reste.

– Ce halo lumineux sur les photos, la fenêtre qui s'est refermée toute seule... a énuméré Bea.

Cette histoire de fenêtre m'a fait frissonner à nouveau. Je l'avais complètement oubliée.

– ... et la lampe déplacée... ai-je ajouté.

Meja a caché son visage dans ses mains.

– Vous êtes folles ! On ne sait même pas de quel côté la lampe se trouvait.

– Moi, *je le sais*, a affirmé Bea.

Meja a poussé un soupir.

– Ouais... D'ailleurs, quelle heure est-il ?

Bea a jeté un coup d'œil sur son poignet.

– Il est minuit passé de cinq minutes, a-t-elle murmuré.

Meja a soupiré à nouveau. Puis elle a grimacé.

– Alors elle ne devrait plus tarder. C'est l'heure des fantômes... a-t-elle plaisanté.

Puis tout à coup quelqu'un a frappé. Nous nous sommes tournées vers la porte, les yeux écarquillés, et nous avons vu la poignée bouger doucement. Mon cœur battait à tout rompre et j'étais incapable de bouger ou de crier. Je respirais à peine, le regard fixé sur la porte qui s'ouvrait lentement.

Je ne sais pas à quoi je m'attendais, mais une fois la porte grande ouverte, il n'y avait personne. Du moins, personne de visible...

Il m'a fallu plusieurs minutes avant d'oser me lever. Mais dès que je m'en suis sentie capable, je me suis précipitée sur le lit de Bea pour m'asseoir entre mes amies. Ensuite, nous sommes restées immobiles à regarder, par l'embrasure de la porte, le couloir où il faisait nuit noire.

– Qu'est-ce que c'était ? a chuchoté Meja au bout d'un moment.

Comment le savoir ?

– Vous avez vu la poignée descendre ? a-t-elle poursuivi.

J'ai hoché la tête.

– Alors il y a forcément quelqu'un derrière la porte !

C'était logique. En même temps, il me semblait que dans ce cas nous aurions entendu du bruit...

Meja est descendue du lit. Puis elle s'est tournée vers nous, attendant qu'on la rejoigne, mais impossible, mes jambes refusaient de coopérer !

Bea ne s'est pas levée non plus. Elle a dégluti, le regard fixé devant elle.

Meja a pris une profonde inspiration, puis elle a traversé la chambre à pas lents. Je suivais ses mouvements et, quand elle a franchi le seuil, j'ai pris la main de Bea dans la mienne pour la serrer très fort et j'ai fermé les yeux, prête à hurler à pleins poumons.

– Il n'y a personne, a annoncé Meja.

J'ai ouvert les yeux au moment où elle refermait la porte.

– Le couloir est vide, a-t-elle ajouté.

Elle semblait à la fois surprise et soulagée. Comme si le danger s'était effacé parce qu'elle n'avait vu personne. Pour moi, c'était tout le contraire !

Meja a allumé les lumières avant de se jeter sur son lit avec un grand soupir de soulagement. Puis elle s'est mise à rire :

– J'ai eu la frayeur de ma vie !

Comment pouvait-elle se comporter comme s'il ne s'était rien passé ?

– Et la poignée ? ai-je demandé. Elle a bien bougé !

Meja a jeté un rapide coup d'œil à la porte avant de hausser les épaules.

– Il faisait si sombre. On s'est sûrement trompées.

Chapitre 18

Je me suis réveillée le lendemain avec le sentiment que quelque chose n'allait pas, sans savoir ce que c'était. Le store qu'on aurait oublié de fermer ? En m'étirant, j'ai jeté un coup d'œil par la fenêtre essayant de deviner l'heure, mais peine perdue. On était en plein été, et à 4 heures du matin il y a autant de lumière qu'à 7 heures.

Puis je me suis tournée vers Bea pour voir si elle s'était levée et, brusquement, tout m'est revenu : notre attente dans la pénombre, la porte qui s'était ouverte toute seule et Meja qui s'était glissée dans le couloir. Et nous trois assises sur le lit de Bea en train de nous demander si la poignée s'était baissée ou pas, Bea et moi certaines que oui, Meja convaincue que notre imagination nous avait joué un tour.

Le plafonnier était toujours allumé, comme si nous nous étions endormies d'un coup, et Meja et Bea se trouvaient dans le même lit ; elles étaient allongées sur la couette, tout habillées. Quant à moi, j'étais sous les draps en chemise de nuit ! Mais que s'était-il passé ?

À ce moment-là, Meja a ouvert les yeux. Elle s'est redressée pour regarder autour d'elle, encore endormie.

– Ah oui, bien sûr, a-t-elle murmuré avant de se rallonger.

Bea avait dû l'entendre. Elle s'agitait dans son sommeil en faisant des grimaces. C'était drôle, et Meja et moi avons gloussé. Mais quand Bea s'est mise à gémir, Meja a posé sa main sur son épaule.

– Bea, réveille-toi. C'est moi, Meja.

Bea s'est redressée brusquement. Ses yeux étaient grands ouverts et on pouvait y lire de la terreur. Puis elle a compris qu'elle avait encore fait un cauchemar et elle a soupiré de soulagement.

– De quoi tu as rêvé ? ai-je demandé.

Bea m'a regardée bizarrement avant d'éclater de rire.

– Pourquoi tu ris ?

– C'était un peu bizarre... Dans mon rêve, la porte s'ouvrait comme hier soir. Mais c'était toi qui entrais... sauf que tu étais rousse. Et j'ai eu super peur !

– Un vrai cauchemar ! Au secours, Elvira est devenue rousse ! a plaisanté Meja.

– Effrayant, pas vrai ? Elvira, promets-nous que tu ne feras jamais de coloration ! a renchéri Bea.

– Je le promets !

Meja s'étirait d'un air satisfait.

– D'ailleurs, c'est la preuve... a-t-elle dit en se tournant vers Bea.

– La preuve de quoi ?

– Que tout ça, c'est juste des rêves et de l'imagination !

Bea n'a pas répondu. Elle devait penser à la poignée : étrange qu'on ait imaginé la même chose toutes les trois...

J'ai décidé de m'habiller et j'avais la tête enfouie dans mon tee-shirt quand j'ai entendu Bea s'exclamer.

– Qu'est-ce qu'il y a ? ai-je fait.

– Mais qu'est-ce que c'est ? a répété Bea, qui tenait une feuille à la main.

– Où tu as trouvé ça ? s'est étonnée Meja.

– Ici, par terre. Juste devant la porte, a murmuré Bea.

– C'est peut-être un bout de papier qui s'est égaré quand tu déchirais ton journal ? ai-je suggéré.

– Non, c'est un texte écrit avec mon stylo à paillettes.

– Ton stylo ? avons-nous demandé Meja et moi.

Bea a tendu la feuille à Meja.

– Il y a un message pour nous ? ai-je voulu savoir.

Meja a froncé les sourcils.

– L'écriture est étrange... j'arrive à peine à lire... *Demander à... la dame de... la maison rouge...* Demander quoi ? Et de quelle maison parle-t-elle ? s'est-elle exclamée, avant de me tendre le papier.

Je me suis mise à étudier la lettre avec stupéfaction. Elle était rédigée avec le stylo à paillettes de Bea, cela ne faisait aucun doute, dans une écriture penchée qui avait l'air ancienne. Mais le plus étonnant, c'est que la feuille ressemblait à celles de mon journal intime ! Les lignes étaient roses et chaque angle était décoré d'un petit cœur.

J'ai glissé ma main sous mon matelas, j'ai pris mon journal et j'ai commencé à le feuilleter. Au milieu, il manquait effectivement une page et la feuille correspondait parfaitement.

– Regardez ! Cette feuille vient de mon journal intime...

– Et le texte a été écrit avec mon stylo, a murmuré Bea.

Nous avons échangé un regard étonné. Puis Meja a éclaté d'un rire bruyant.

– Arrêtez ! Vous pensez que je suis bête, ou quoi ?

Bea s'est tournée vers Meja.

– Qu'est-ce que tu veux dire ? Tu penses encore qu'on y est pour quelque chose ?

– Et je devrais penser quoi à ton avis ?

– Je n'en sais rien, a répondu Bea.

– Elvira, tu t'es couchée après Bea et moi... Tu t'étais même changée. Que faisais-tu pendant qu'on dormait ? m'a interrogée Meja.

J'ai jeté un coup d'œil sur ma chemise de nuit qui était tombée par terre et j'ai dégluti. Comment lui dire que je n'en avais aucune idée ? Que probablement j'avais fait tout cela dans mon sommeil ?

– Je ne sais pas, rien de spécial, ai-je marmonné.

Bea a fait quelques pas dans la chambre avant de fixer Meja.

– Ça suffit, Meja ! D'abord, mon stylo n'est pas revenu. Ensuite, ni Elvira ni moi n'écrivons comme ça ! Enfin, on s'était promis qu'on arrêterait de s'accuser !

À ma grande surprise, Meja a déclaré :

– Pardon. C'est juste que ça me met en colère quand je ne comprends pas quelque chose et cette histoire me dépasse !

Le regard de Bea s'est adouci.

– Mais personne n'y comprend rien !

– Personne sauf celui qui est derrière tout ça... Je ne parle pas de vous, que ce soit bien clair ! a précisé Meja en souriant.

Elle a marqué un silence avant de poursuivre :

– Il y avait peut-être quelqu'un derrière la porte, en fin de compte. Quelqu'un qui s'est caché puis est revenu glisser le papier...

– Mais quand a-t-il pu déchirer une page de mon journal intime ? me suis-je étonnée.

Meja a réfléchi en se mordillant les lèvres.

– Il a dû passer dans la chambre plus tôt. Par exemple, quand on regardait le film...

– Ou quand on jouait à cache-cache... ai-je ajouté.

Meja a hoché la tête. Puis elle a ri.

– C’est forcément Kevin !

Je n’ai pas pu m’empêcher de penser à Henny que j’avais surprise sous mon lit pendant le jeu… Y était-elle seulement pour se cacher ? Et puis, que faisait-elle dans le local de sport pendant le parcours fantôme ?

Cela nous a fait du bien d’aller faire notre toilette matinale. Les cuvettes qui résonnaient sous les jets de pipi ont provoqué chez nous un fou rire, tellement nous étions soulagées ! C’était le matin, le ciel était clair et Meja avait une théorie qui expliquait les étranges événements de la nuit.

En me regardant dans la glace devant le lavabo, je me suis trouvée changée, sans pouvoir mettre le doigt sur ce qui était différent. J’étais bronzée, mes cheveux avaient dû s’éclaircir au soleil, mes yeux étaient bleus comme avant, mes lèvres minces et mon nez large. Pourtant, j’avais du mal à me reconnaître.

– Dites, vous ne trouvez pas que j’ai l’air différente ? ai-je demandé.

Bea et Meja ont rigolé.

– Eh bien… ton visage a peut-être un peu verdi et tes oreilles sont tombées. À part ça, tu es toujours la même ! a plaisanté Meja.

En riant, j'ai tiré la langue à son reflet. Puis je me suis penchée pour me laver les mains. Au moment où j'ouvrais le robinet, je me suis rendu compte que, sur mon index droit, il y avait une petite tache. Elle était de couleur lilas et pailletée.

Comment était-ce possible ? D'où venait cette tache ? J'ai scruté mes doigts et j'ai eu le souffle coupé. Encore une tache. Sur le majeur droit, exactement à la même hauteur que la première.

– Quelque chose ne va pas ? a demandé Bea.

J'ai refermé la main.

– Non, rien. Juste l'eau... qui était un peu trop chaude.

Chapitre 19

J'ai à peine réussi à avaler une bouchée pendant le petit-déjeuner. Alors que Meja et Bea discutaient, impossible pour moi d'arrêter de penser aux taches sur mes doigts. Elles étaient parties avec du savon, mais je les avais vues et j'aurais juré que je ne les avais pas imaginées !

– À quoi tu penses ? Ça n'a pas l'air d'aller… a demandé Meja en se tournant vers moi.

J'aurais aimé lui dire la vérité, mais c'était impossible. Meja et Bea penseraient que j'avais volé le stylo à paillettes. Normal ! À leur place, cela me semblerait logique, à moi aussi ! Sinon comment expliquer ces taches ?

– À rien, ai-je répondu en croquant un minuscule morceau dans ma tartine au fromage.

– Tu es sûre ? Je te trouve quand même un peu pâlotte.

Je n'ai pas réagi. Et si j'avais pris le stylo et écrit la lettre dans mon sommeil ? Mais dans ce cas, pourquoi un message aussi mystérieux ?

– Tu penses à la lettre ? a suggéré Bea.

– Oui.

– Moi aussi, et je ne comprends pas, a-t-elle poursuivi.

Je lui ai fait signe de parler moins fort. Kevin, Isak et Melker étaient assis à la table derrière nous et je ne voulais pas qu'ils nous entendent. Si ça se trouve, Meja avait raison et le coupable était Kevin...

– Il faut qu'on trouve la personne qui l'a écrite, a décrété Meja.

Bea a hoché la tête avant de finir son verre de lait.

– On devrait parler à Jennifer, a-t-elle chuchoté.

J'ai jeté un coup d'œil sur les garçons. Ils n'arrêtaient pas de nous observer, en particulier Isak, qui avait le regard fixé sur Bea.

– Non, c'est inutile... Je crois que j'ai une idée, a protesté Meja.

– D'accord. On t'écoute ! a approuvé Bea.

Les yeux de Meja pétillaient quand elle a poursuivi :

– Le message est un indice. Je ne sais pas encore comment l'interpréter mais on va le découvrir !

Bea s'est tournée vers moi.

– Qu'en penses-tu ?

J'ai réfléchi. Je n'aurais pas pu écrire cette lettre étrange, c'était évident. Peut-être que je m'étais tachée en touchant le papier, tout simplement ?

– Elle a raison. C'est sans doute un indice.

Meja a froncé les sourcils.

– *Demander à la dame de la maison rouge*... mais quelle maison rouge, et quelle dame ?

Bea a soupiré.

– Aucune idée. Tous les bâtiments de la colo sont soit jaunes soit bruns.

À cet instant, je me suis souvenue de la maison devant laquelle ma mère s'était arrêtée quand elle m'avait accompagnée.

– Il y a bien une maison rouge pas loin de la colo, ai-je annoncé.

Bea et Meja ont posé sur moi un regard interrogateur.

– C'est vrai ? a fait Meja.

– Et elle est habitée par une femme ? a ajouté Bea.

– Ça, je ne sais pas. Je l'ai juste aperçue quand on est passées en voiture, ma mère et moi.

Meja s'est levée avec son plateau.

– Bon alors, qu'est-ce que vous attendez ? On y va !

Chapitre 20

Il n'a pas été facile de quitter la colo sans être vues. Tout d'abord, il a fallu se débarrasser de Kevin, Melker et Isak qui voulaient construire un radeau avec nous. Ils ne nous ont pas lâchées avant que Meja leur promette que nous les rejoindrions un peu plus tard...

– On a juste un truc à faire avant, leur a-t-elle expliqué.

– Un truc ? a fait Kevin.

– Rien de spécial.

– Alors c'est un secret ?

Meja a ri.

– Rien qui vous concerne, en tout cas.

Kevin a posé sur elle un regard insistant.

– Tu es sûre ?

Ensuite, on a croisé Björn. Il passait en voiture et il s'est arrêté en klaxonnant lorsqu'il nous a aperçues et a descendu sa vitre.

– Salut ! Où allez-vous comme ça ?

– Nulle part. On se promène... a dit Bea.

Sa réponse n'était pas très convaincante mais Björn a hoché la tête.

– Très bien. Mais vous n'avez pas le droit de sortir de l'enceinte de la colo. C'est d'accord ?

– Oui ! avons-nous affirmé en chœur.

Björn a remonté la vitre en souriant et j'ai soupiré de soulagement – trop tôt ! Il l'a baissée à nouveau et a pointé la tête :

– Je dois aller acheter quelques trucs pour la boum de demain et j'aurais besoin d'un peu d'aide. Vous ne voudriez pas m'accompagner ?

Nous nous sommes regardées.

– En fait, on a promis aux garçons de construire un radeau avec eux, a expliqué Meja.

– Ah dommage ! Mais bon, si vous avez promis ! s'est exclamé Björn en rigolant avant de repartir.

Toujours persuadée que c'était Kevin qui nous jouait des tours, Meja n'a pas arrêté de parler de lui pendant tout le trajet.

– Mais ça saute aux yeux ! a-t-elle affirmé.

– Tu crois ? s'est étonnée Bea.

– Eh bien... pourquoi sinon il aurait voulu savoir ce qu'on allait faire ? Et tu as vu sa tête quand je lui ai dit que ça n'avait rien à voir avec lui ?

Peu convaincues, ni Bea ni moi n'avons réagi. J'ignore à quoi pensait Bea mais moi je songeais aux taches sur mes doigts...

Une fois à l'extérieur de la colo, Bea a commencé à ralentir. Et au moment où nous sommes arrivées devant la maison rouge, elle s'est arrêtée net.

— Est-ce que c'est vraiment raisonnable ? a-t-elle murmuré en regardant autour d'elle d'un air inquiet.

– Quoi donc ? a demandé Meja.

– Eh bien, d'entrer chez quelqu'un comme ça. Si ça se trouve, c'est illégal.

Meja a haussé les épaules.

– Mais non... Et de toute façon, la maison semble inhabitée.

– Si on se fait prendre, la colo, c'est fini pour nous ! On n'aura plus qu'à rentrer ! s'est entêtée Bea.

Meja a roulé des yeux.

– Ça n'arrivera pas ! Et maintenant qu'on est ici, on va quand même aller jeter un coup d'œil, non ?

Bea s'est tournée vers moi.

– Qu'est-ce que tu en penses, Elvira ?

J'ai regardé la maison et le jardin qui l'entourait. La pelouse n'avait toujours pas été tondue. Il n'y avait ni voiture ni vélo, aucun signe de vie. Les fenêtres et les portes étaient fermées. On ne risquait rien en allant voir de plus près !

– Je ne sais pas... mais il me semble qu'il n'y a personne ici, ai-je répondu.

Meja a franchi le portail, les yeux brillants d'excitation. Bea l'a suivie malgré son appréhension. Je n'étais pas non plus à l'aise avec l'idée de fouiner chez quelqu'un et j'avais en plus l'impression qu'on nous observait.

– Qu'est-ce qu'on cherche, en fin de compte ? a voulu savoir Bea au bout d'un moment.

Je n'ai rien dit. Je ne comprenais pas ce que Meja espérait découvrir.

– Quelque chose qui aurait un rapport avec nos objets disparus ou avec la lettre. Ou avec Kevin...

Nous avons tourné autour de la maison au moins vingt minutes, sans rien trouver d'autre qu'un vieux gant de jardinage et un clou rouillé.

– Pensez-vous que ça ait une signification ? a demandé Meja en soulevant nos trouvailles.

– Ça signifie juste que c'est une fausse piste et qu'on ferait mieux de rentrer ! a déclaré Bea.

Meja a froncé les sourcils.

– Je ne comprends pas. La réponse est forcément ici. C'est la seule maison rouge dans les environs...

Elle s'est interrompue au milieu de sa phrase. Ses yeux pétillaient à nouveau.

– La maison ! C'est évident ! a-t-elle crié en se précipitant vers le bâtiment.

Avant que Bea ou moi ayons pu réagir, elle a appuyé sur la poignée de la porte.

– Elle est fermée à clé, a-t-elle soupiré.

– Tu es devenue folle ? Je ne sais pas si on a le droit de se trouver dans un jardin privé sans y être invité, mais je sais qu'il est interdit de s'introduire chez les gens ! Ça s'appelle une effraction ! a asséné Bea.

Meja a inspecté les montants de la porte puis le dessous du petit escalier.

– Sauf si on a la clé... et de toute façon, il n'y a personne ici !

– Clé ou non, c'est toujours une effraction ! Tu aimerais que quelqu'un entre chez toi sans permission ? a insisté Bea.

Meja s'est approchée de la fenêtre et a collé son nez contre la vitre.

– On va juste jeter un coup d'œil, sans rien voler, s'est-elle justifiée.

– Moi, je m'en vais. Elvira, tu viens avec moi ? a lancé Bea.

Moi non plus je n'avais pas envie d'aller plus loin. Cet endroit me donnait des frissons, et j'avais toujours cet étrange sentiment que nous n'étions pas seules et qu'on nous observait.

Et lorsque Bea et moi nous sommes retournées pour repartir, j'ai découvert que j'avais raison. Il y avait bien quelqu'un…

Chapitre 21

Bea et moi nous sommes arrêtées net au beau milieu du jardin. Impossible de nous enfuir, la vieille dame nous avait déjà repérées ! Elle se tenait à côté du portail, les bras croisés, et nous fixait d'un air mécontent. Alors que mon cœur battait la chamade, mon cerveau cherchait désespérément quelque chose à dire. Bea semblait aussi effrayée que moi. Meja a été la seule à parler.

– Il y a une bouteille de lait ouverte sur l'évier ! a-t-elle crié, le nez toujours collé à la vitre.

Bea et moi fixions la dame. Le visage de Bea était tout rouge, et je suis sûre que le mien l'était aussi.

– Quelqu'un vit ici, c'est sûr, a poursuivi Meja.

– On est au courant, a murmuré Bea.

Meja ne l'a pas entendue, mais en se tournant vers nous, elle a découvert la situation.

– Aïe... a-t-elle fait à mi-voix, avant de nous rejoindre.

Après s'être raclé la gorge, elle s'est justifiée en souriant :

– Excusez-nous. On voulait simplement... euh... on se demandait juste si cette maison était habitée...

La vieille dame s'est approchée lentement. Ses cheveux étaient blancs et elle boitait. Et quand, subitement, elle a souri à son tour, j'ai vu qu'il lui manquait une dent du haut.

– Eh bien, vous avez votre réponse. La maison est habitée, même si cela ne se voit pas vraiment en ce moment. Ma tondeuse est en panne, a-t-elle expliqué.

En soupirant, elle a désigné l'herbe haute.

– Elle pousse à vue d'œil !

Bea a approuvé timidement.

– Désolée de vous avoir... dérangée. Maintenant, on doit y aller.

– Vous faites partie de la colonie de vacances ? a voulu savoir la vieille dame.

Nous avons acquiescé.

– Dans ce cas, je vais vous montrer quelque chose. Suivez-moi !

Bea a secoué la tête discrètement. Soit Meja ne l'avait pas vue soit elle s'en fichait…

– Qu'est-ce que c'est ? Ça a un rapport avec la lettre ? a-t-elle demandé.

– Quelle lettre ? s'est étonnée la dame.

Bea a secoué la tête à nouveau. De manière manifeste cette fois.

– Meja, on doit rentrer. Ils… ils nous attendent…

Je crois que nous pensions la même chose : ne jamais, en aucune circonstance, suivre un inconnu. En plus, cette personne vivait dans une maison qui semblait laissée à l'abandon ! Mais Meja n'avait pas l'air de comprendre.

– Ce n'est pas encore l'heure du déjeuner, il n'y a pas urgence !

– Mais on devait construire un radeau… a retenté Bea.

– Ah ça, on aura le temps de le faire plus tard !

Pendant que nous rebroussions chemin vers la porte d'entrée, la dame a dit en riant :

– N'ayez pas peur, je n'ai pas l'intention de vous manger !

Bea a eu un sourire forcé et elle a jeté un regard glacial à Meja.

– Au fait, je m'appelle Hjördis, a poursuivi la vieille femme en ouvrant la porte avec ses mains tremblantes et en nous invitant à la suivre.

En entrant, je n'ai pas pu m'empêcher de penser à Hansel et Gretel. Et je regrettais de ne pas être partie faire des courses avec Björn !

– Asseyez-vous sur la banquette, les filles ! Voulez-vous de la brioche avec du sirop ?

– Non merci, avons-nous répondu Bea et moi en chœur.

Meja, elle, a accepté bien sûr, et quelques instants plus tard, la dame a posé un plateau garni sur la table devant nous.

– Voilà ! J'ai l'habitude d'inviter des jeunes de la colo à goûter. Ma mère le faisait aussi.

Bea et moi avons échangé un regard.

– Et cela arrive souvent ? a demandé Bea.

– Tous les étés ! Déjà dans mon enfance, il y en avait qui nous rendaient visite. Et je jouais avec eux.

– La colo existe depuis si longtemps ? me suis-je étonnée.

Hjördis a ri.

– Oui, cela fait un moment. Je crois que les premières colos ont été organisées dans les années 1930.

– Vous vouliez nous montrer quelque chose, non ? a lancé Meja en croquant dans sa brioche.

– Oui, en effet. J'avais presque oublié…

Elle s'est levée pour se diriger vers la chambre.

– Je suis sûre que c'est un indice ! a chuchoté Meja.

– Vraiment ? Mais c'est absurde ! a protesté Bea.

– Vous allez voir… J'ai trouvé ce carton il y a quelque temps quand je nettoyais le grenier. Ce sont de vieilles photos prises par mon père avec son premier appareil. Sur certaines, on voit la colo, a expliqué Hjördis en posant une boîte à chaussures sur la table.

Elle en a sorti une photo.

– Voilà à quoi ressemblait la colo quand j'étais enfant !

Nous avons regardé le cliché avec stupeur. Il représentait une maison rouge avec des montants peints en blanc et une grande véranda.

– C'est le bâtiment principal ? s'est étonnée Bea.

– Oui, mais il a été rénové en 1954, je crois. Il est méconnaissable ! Voici une autre photo !

Elle avait été prise depuis le parking. Je l'ai examinée un long moment. Elle m'était familière. Et je me suis souvenue qu'en arrivant j'avais eu l'impression que le bâtiment avait changé…

– Je crois que j'ai déjà vu cette photo, ai-je annoncé.

– Ah bon ? Moi, je la découvre ! s'est exclamée Bea. Mais où ? À la colo ?

Malheureusement, je n'en avais aucune idée...

– C'est ça que vous vouliez nous montrer ? a fait Meja en soupirant.

Hjördis a compris qu'elle était déçue.

– Ces photos ne vous intéressent peut-être pas... vous êtes si jeunes !

Bea et moi dégustions nos brioches. La petite cuisine de Hjördis était plutôt accueillante et nous nous y sentions bien. L'histoire de Hansel et Gretel était oubliée depuis longtemps !

– Il ne s'est jamais rien passé qui sorte de l'ordinaire ? Quelque chose de vraiment passionnant ? a poursuivi Meja.

– Je ne crois pas... En tout cas, je ne m'en souviens pas, a répondu Hjördis.

– Sûr et certain ? a insisté Meja.

Hjördis a froncé les sourcils et son front s'est ridé un peu plus.

– Oui, rien d'extraordinaire. Mais il s'est produit un événement tragique il y a des années.

Meja a ouvert les yeux en grand.

– Alors ?

– Franchement, je ne sais pas si j'ai envie de...

– Si, si, racontez ! l'a coupée Meja.

Hjördis a soupiré.

– Une jeune fille est morte pendant la colonie, a-t-elle avoué avec hésitation. Elle avait à peu près votre âge, mais je ne me rappelle pas son prénom... Il était assez inhabituel...

– Comment est-elle morte ? a demandé Meja.

– Elle a trébuché et s'est cogné le crâne contre son lit. Pure malchance, a-t-elle répondu.

Bea s'est raidie.

– Où ça ? Dans sa chambre ?

Hjördis a acquiescé.

Blême, Bea m'a jeté un regard que je n'ai pas réussi à interpréter.

– Savez-vous quelle chambre c'était ? a-t-elle murmuré.

– Non, mais elle était au deuxième étage.

Bea m'a regardée à nouveau et cette fois j'ai compris.

– À quoi ressemblait cette jeune fille ? ai-je demandé.

– Je ne sais pas, je ne l'ai jamais rencontrée. Mais il me semble qu'elle était rousse. Pourquoi ?

Là, Meja a aussi fini par comprendre. Elle fixait la vieille femme bouche bée, tandis que Bea, elle, était sur le point de tomber dans les pommes. Quant à moi, mon cœur battait si fort que j'en avais des nausées.

– On... on doit vraiment... y aller, ai-je bafouillé, le souffle court.

Hjördis nous a regardées l'une après l'autre. Puis elle a posé sa main, à la peau si fine qu'elle était presque transparente, sur la joue de Bea.

– Mais tu es toute pâle ! Je t'ai fait peur, pas vrai ?

Bea a secoué la tête, mais ses yeux trahissaient sa panique.

– C'était il y a très longtemps. Il ne faut pas te mettre dans cet état, l'a rassurée Hjördis en souriant.

Nous l'avons remerciée pour les brioches et nous sommes parties. Nous n'avions pas encore atteint le portail qu'elle a rouvert la porte. En riant elle faisait « toc-toc » sur sa tempe, comme pour dire qu'elle avait des problèmes de mémoire.

– Son prénom m'est revenu ! C'était Mebel... La fille s'appelait Mebel !

Chapitre 22

Nous courions vers la colo en nous tenant par la main.

Il était inutile de parler : nous pensions toutes à la même chose. Bea était blanche comme un linge, Meja avait le regard fixé devant elle et une ride s'était creusée entre ses yeux ; quant à moi, je respirais à peine. Ma bouche était sèche et j'avais la tête qui tournait.

– Mais c'est incroyable ! s'est écriée Meja quand nous avons un peu ralenti le pas.

Moi aussi, j'avais le sentiment d'être dans un rêve. Ou plutôt dans un cauchemar, où tout paraît à la fois réel et irréel… Si je n'avais pas senti la main fraîche de Bea serrer la mienne, j'aurais eu du mal à croire que j'étais réveillée.

– Et pourtant les détails correspondent : la chambre au deuxième étage, les cheveux roux et… le prénom, ai-je énuméré.

Meja m'a regardée, les yeux écarquillés.

– Ça me dépasse. Comment as-tu pu savoir comment elle s'appelait ?

Je n'en avais aucune idée. Ça m'était venu comme ça.

– J'ignorais que c'était un vrai prénom… ai-je murmuré.

Meja s'est arrêtée. Elle a pris une profonde inspiration.

– Qu'est-ce qu'on fait ?

Bea a serré ma main encore plus fort.

– On doit en parler aux animateurs, a-t-elle déclaré.

– Impossible ! S'ils apprennent qu'on a quitté la colo, ils vont nous renvoyer direct à la maison !

Bea nous a regardées d'un air triste.

– Oui, et ce ne serait peut-être pas plus mal…

En arrivant, nous n'avions pas encore décidé quoi faire ; puis, dans les escaliers qui menaient à notre chambre, nous avons croisé Jennifer et nous avons fini par tout lui raconter.

– Mais que se passe-t-il ? Vous êtes toutes pâlottes ! Il vous est arrivé quelque chose ? a-t-elle demandé d'emblée.

— Oui… ou… non. On pense… enfin… je veux dire… je ne sais pas… a bafouillé Meja.

En prenant sur elle, Bea s'est lancée :

– Notre chambre est hantée !

Jennifer a haussé un sourcil.

– Hantée ? Comment ça ?

– Elle a les cheveux roux, ai-je dit.

– Qui ?

– La jeune fille. Le fantôme, a expliqué Bea.

Jennifer a souri.

– Une jeune fille aux cheveux roux ?

– Oui… elle s'appelle Mebel, ai-je ajouté.

Jennifer a éclaté de rire.

– Et comment le savez-vous ? Elle s'est présentée ? C'est un fantôme poli…

– Ce n'est pas une plaisanterie. Bea l'a vue de ses propres yeux, a murmuré Meja.

Jennifer s'est tournée vers Bea.

– C'est vrai ? Et quand est-ce que tu l'as vue ?

– Pendant la nuit, deux fois. Elle était debout à côté de la porte.

– Mais vous, vous ne l'avez pas vue ? a-t-elle demandé en se tournant vers Meja et moi.

– Non, mais on a observé la porte s'ouvrir toute seule en plein milieu de la nuit, ai-je dit.

– Et le lendemain matin, on a trouvé une lettre d'elle, a ajouté Meja.

J'ai jeté un coup d'œil sur mes mains et j'ai pensé à ces petites taches violettes. Je m'étais salie en prenant la lettre, c'était la seule explication. Je ne connaissais pas Hjördis. Je ne savais même pas que la maison rouge était habitée...

– Attendez un peu... Vous dites que vous avez reçu une lettre d'un fantôme ? a fait Jennifer en souriant.

Bea et Meja ont acquiescé.

– Et qu'est-ce qu'il vous a écrit ?

Bea a tout juste eu le temps d'ouvrir la bouche lorsqu'elle a été interrompue par Meja.

– Rien de spécial...

– Rien de spécial ?

– Non, mais la lettre avait été rédigée avec le stylo de Bea, celui qui a disparu.

Jennifer a souri à nouveau.

– Vous voulez dire que c'est ce fantôme qui a volé vos affaires ?

Nous avons approuvé.

– Vous voulez mon avis ? Eh bien, les fantômes n'écrivent pas de lettres et ils ne volent pas des affaires. Soit vous avez une imagination un peu débordante, soit quelqu'un vous fait une mauvaise plaisanterie.

– Mais il n'y a pas que ça ! Il s'est passé plein d'autres choses bizarres ! ai-je protesté.

– Désolée, ça ne sert à rien d'insister. Vous êtes des filles intelligentes, vous savez aussi bien que moi que les fantômes n'existent pas !

– Je veux rentrer à la maison, a murmuré Bea, les yeux pleins de larmes.

Jennifer l'a prise dans ses bras.

– Je comprends que tu sois effrayée. Mais tout ça n'est pas réel, vous avez juste beaucoup d'imagination !

Bea n'a rien dit mais Meja a hoché la tête.

– Il vaudrait peut-être mieux que vous ne passiez pas autant de temps entre vous. Vous vous entendez bien et c'est une bonne chose, mais là j'ai l'impression que vous n'arrêtez pas de ressasser cette histoire et de vous faire peur. Essayez d'aller vers les autres, ça vous changera les idées ! a poursuivi Jennifer.

Bea a reniflé.

– Si vous voulez, je dormirai dans votre chambre cette nuit. Il y a un lit disponible, pas vrai ? a-t-elle ajouté.

Elle a caressé les cheveux de Bea en souriant.

– Comme ça, aucun fantôme ne viendra vous embêter ! Ils ont tous peur de moi, je vous le promets !

Chapitre 23

Contrairement à ce que Jennifer nous avait conseillé, nous avons regagné notre chambre. La pause déjeuner était proche et nous n'avions pas le courage de discuter avec les autres. Pas pour le moment, en tout cas.

Assise sur le bord de mon lit, je regardais autour de moi avec inquiétude. Comme si le sentiment d'être surveillée m'avait suivie depuis notre visite chez Hjördis. Mais hormis nous trois, il n'y avait personne.

– Je suis contente que Jennifer vienne dormir avec nous, pas vous ? ai-je dit.

Bea a approuvé. Elle s'était recroquevillée, les bras autour des jambes, dans un coin de son lit, et ses yeux étaient toujours un peu rouges. Meja était debout au milieu de la pièce.

– Jennifer a raison, il y a forcément une explication, a-t-elle affirmé.

Bea a soupiré.

– Laquelle ?

– Je n'en sais rien. Mais je propose qu'on note tout ce qui s'est passé, on y verra peut-être plus clair de cette façon.

Bea ne semblait pas convaincue, mais elle a hoché la tête. Meja a sorti un bloc-notes et un stylo. Elle s'est assise sur mon lit en tailleur.

– Tout a commencé par les objets disparus, la bague, l'appareil photo et le stylo, a-t-elle murmuré.

– Il y a aussi eu cette histoire avec la plaque d'immatriculation... *ROOM-213*, ai-je complété. Je pense qu'on devrait l'ajouter à la liste...

– Absolument, on note tout ce qui est bizarre, a approuvé Meja.

– La fenêtre... a chuchoté Bea.

– Quelle fenêtre ? a demandé Meja.

– La nôtre. Elle s'est refermée toute seule.

Meja a eu l'air de vouloir protester, mais elle s'est tue.

– Les photos, ai-je poursuivi.

– Tu parles de celles que Hjördis nous a montrées ? a voulu savoir Meja.

J'ignorais comment j'avais pu reconnaître le bâtiment principal sur la vieille photo, mais ce n'était pas celle-là que j'avais en tête.

– Non, je parle des tiennes… avec le halo.

Rien que d'y penser, j'avais la chair de poule. S'agissait-il d'un problème avec l'appareil ? Et si oui, pourquoi ce halo était-il présent uniquement sur les photos où je figurais ?

Meja a hésité mais elle a fini par l'ajouter à la liste.

– La lampe, a dit Bea.

– La lampe ? Il ne faut pas exagérer quand même ! Rien ne prouve qu'elle a été déplacée ! a protesté Meja.

– On avait dit qu'on écrirait tout, il me semble… a rétorqué Bea.

Meja a cédé en soupirant.

Un quart d'heure plus tard, nous avions rempli deux pages. Sur notre liste figuraient le fantôme qu'avait vu Bea, la porte qui s'ouvrait toute seule, la lettre, la main invisible que j'avais sentie sur mes cheveux pendant la soirée contes, la jeune fille rousse dont Hjördis avait parlé, le prénom Mebel, mes rencontres surprenantes avec Henny dans le local de sport puis dans notre chambre, et enfin les commentaires et regards étranges de Kevin. En revanche, je n'avais toujours rien dit à propos des taches sur mes doigts.

– Je ne vois aucun lien entre tous ces événements... et vous ? a demandé Meja en posant les feuilles par terre.

Bea a secoué la tête.

Quant à moi, je pensais à Henny. Et si c'était elle ? Elle aurait pu prendre nos affaires et les cacher dans le local de sport. Elle avait aussi eu l'occasion de déchirer une page de mon journal intime. Elle était rousse... La jeune fille morte que Hjördis avait évoquée l'était aussi. Mais ça n'expliquait pas le halo sur les photos...

Aucune trame ne se dégageait ! Si ce n'est que tous ces incidents étaient aussi étranges qu'incompréhensibles.

– Et si ça n'était pas vrai, a dit Meja soudain.

– Comment ça ? ai-je demandé.

– L'histoire de la jeune fille morte... Si ça se trouve, Hjördis l'a inventée pour nous effrayer, a-t-elle poursuivi.

– Pourquoi elle aurait fait ça ? me suis-je étonnée.

– Il y a des personnes que ça amuse. Elle raconte peut-être la même histoire à tous les jeunes qui lui rendent visite, prétendant qu'elle veut juste leur montrer ces photos sans intérêt...

Pour la première fois de la journée, Bea a éclaté de rire.

– Mais c'est n'importe quoi !

Puis son sourire s'est effacé.

– Dans ce cas, comment expliquer que la couleur des cheveux et le prénom correspondent ? Par le plus grand des hasards ? a-t-elle lancé.

– Franchement, je n'en sais rien. Peut-être que quelqu'un lui a demandé de nous dire que le fantôme avait les cheveux roux ? a suggéré Meja.

– Mais qui ? ai-je fait.

– Henny ou Kevin ?

– Et... Mebel ? On est les seules à être au courant pour le prénom, lui ai-je rappelé.

Bea a ramassé notre liste et s'est relevée.

– On pourrait la montrer à Jennifer. À mon avis, elle finirait par nous croire !

– Si on fait ça, la colo sera terminée pour nous, a protesté Meja.

– Tant mieux ! Moi, je suis prête à rentrer, a rétorqué Bea en grimaçant.

– Eh bien, pas moi ! Il y a une boum demain, et ça va être super chouette !

Bea s'est approchée de la fenêtre.

– Si on est encore en vie... a-t-elle murmuré.

– Comment ça, « encore en vie » ? s'est étonnée Meja. Personne ne va mourir !

– Mebel est bien morte, a répliqué Bea. Et, manque de bol, ça s'est passé au deuxième étage !

Meja a soupiré.

– Si ça se trouve, elle n'a jamais existé ! Et puis, on ne sait même pas dans quelle chambre elle était. Tout ça, c'est de la superstition ! Mon frère a choisi le 13 comme numéro porte-bonheur et il gagne à chaque fois ! s'est-elle exclamée.

Bea a esquissé un petit sourire.

– C'est vrai ?

– Bien sûr ! Et pense à Isak...

– Isak ? Mais il n'a rien à voir avec tout ça ! a répondu Bea.

– Non, mais il n'a pas arrêté de te fixer ce matin... Tu n'as vraiment rien remarqué ?

– C'est sûr qu'il ne t'a pas lâchée des yeux, ai-je renchéri.

– C'est vrai ? s'est étonnée Bea.

– Je te le promets ! Bea, s'il te plaît, ne dis rien à Jennifer, a supplié Meja.

En soupirant, Bea a rangé notre liste.

– D'accord. Mais s'il arrive encore ne serait-ce qu'un truc bizarre, je lui raconterai tout !

Chapitre 24

– Voilà les lâcheuses ! s'est écrié Kevin quand nous sommes entrées dans la salle à manger.

Nous avons échangé des regards étonnés avant de comprendre.

– On a dû construire le radeau tout seuls. Vous étiez où ? a-t-il poursuivi.

– Nulle part, a dit Meja.

Kevin, Melker et Isak étaient assis à la même table. Et même s'il y avait plein de places libres, nous les avons rejoints.

– Ça, on l'a bien compris, on vous a cherchées partout ! À quoi vous jouez ? a répliqué Kevin.

– À rien, a répondu Meja.

Isak s'est tournée vers Bea en riant :

– Alors vous ne faisiez rien nulle part, c'est ça ?

– Oui, à peu près, a réagi Bea en riant elle aussi.

Meja m'a fait un clin d'œil.

– Au fait, Henny voulait te parler, m'a chuchoté Melker.

– Ah bon ? Pourquoi ?

Melker a haussé les épaules.

– Aucune idée. Elle a dit que c'était un secret.

J'ai constaté avec étonnement que Henny n'était pas dans la salle à manger. Pourtant, elle aurait dû être en train de déjeuner comme tout le monde. Et comment ça, un secret ?

– De quoi vous parlez ? a demandé Meja.

– De rien, ai-je murmuré.

Meja m'a regardée avec un sourire en coin.

– La compétition commence dans une heure. J'espère que vous viendrez nous encourager ! a fait Isak.

– Notre radeau gagnera facilement ! a fanfaronné Kevin.

– Tu es sûr ? Je veux dire, c'est vous qui l'avez construit... l'a taquiné Meja.

Kevin lui a lancé une rondelle de concombre qu'elle a esquivée.

– Justement ! On est les meilleurs !

Melker a ri.

– Ça, il n'y a aucun doute. Le nôtre est de loin le plus beau. Et il a un super nom, a-t-il renchéri.

– Lequel ? ai-je voulu savoir.

– Je parie qu'il s'appelle Dragon ou Maléfique, a suggéré Meja.

Isak s'est tourné vers Bea en souriant.

– C'est un secret ! Vous le saurez uniquement si vous venez nous soutenir !

– Tu comprends maintenant qu'il t'aime bien ? a dit Meja à Bea une fois de retour dans notre chambre.

Nous voulions nous mettre en maillot pour rejoindre les garçons au bord de l'eau.

Bea a haussé les épaules en souriant.

– Peut-être, a-t-elle répondu.

– Ça paraît évident ! ai-je renchéri en ouvrant mon tiroir.

En prenant mon maillot, j'ai vu qu'un câble s'était emmêlé dans les bretelles et, brusquement, je me suis souvenue d'une chose à ajouter à notre liste.

– Le MP3, ai-je murmuré.

Meja m'a regardée d'un air perplexe mais Bea a tout de suite compris.

– Sors-le ! On va écouter !

– Écouter quoi ? Là, tout de suite ? s'est étonnée Meja.

Bea et moi avons hoché la tête et nous avons partagé les écouteurs.

– Mais qu'est-ce que vous fabriquez ? a poursuivi Meja.

– Chut... a fait Bea.

J'ai avancé jusqu'à la fin du morceau de Beyoncé, j'ai fermé les yeux et j'ai attendu. Aucun chuchotement bizarre. J'ai rouvert les yeux et j'ai regardé Bea.

– Peut-être que c'est plus loin dans la chanson ? a-t-elle suggéré.

– Non, c'était ici, j'en suis sûre, et ça a disparu !

J'ai quand même refait une tentative. Toujours rien. Ni après le morceau suivant. Tout était normal.

– Là, vous allez devoir m'expliquer ce qui se passe ! a exigé Meja.

Bea a retiré l'écouteur en riant de soulagement.

– Expliquer quoi ? On voulait juste écouter de la musique, c'est interdit ?

J'ai ri aussi. Si ça se trouve, j'avais tout imaginé... Jennifer et Meja avaient peut-être raison, en fin de compte !

Le radeau des garçons était indiscutablement le plus beau, mais pas le plus solide. Il a coulé à deux mètres de la rive ! Nous n'avons eu le temps de les encourager qu'une seule fois...

– Oh non ! a crié Kevin, frappant l'eau, en colère.

Melker et Isak ont rigolé.

– Notre radeau est le meilleur ! Il a coulé le plus vite ! a plaisanté Isak.

– Record mondial battu ! Trois secondes ! a raillé Melker.

Nous avons ri avec eux. Jennifer avait raison en disant que cela nous ferait du bien de passer plus de temps avec les autres, au lieu de ruminer tous ces événements bizarres entre nous.

– Mais ça n'a rien de drôle ! D'ailleurs, c'est votre faute si on a perdu ! a fulminé Kevin en nous lançant un regard noir.

– Pardon ? Notre faute ? s'est exclamé Meja.

– Oui, vous n'étiez pas là quand on l'a construit et vous ne nous avez pas soutenus ! a-t-il murmuré.

Cela a eu pour effet de nous faire hurler de rire !

– Mais on n'a pas eu le temps, s'est justifiée Meja.

– Si c'est comme ça, on ne vous dira pas comment il s'appelle, a poursuivi Kevin.

– S'appelle ? Tu veux dire, s'appelait... ? a gloussé Meja.

Une fois la déception de Kevin passée et tout le monde calmé, nous avons tiré le pauvre radeau sur la rive. Nous avons assuré aux garçons que nous le trouvions vraiment super beau, et nos moqueries ont été pardonnées.

– Alors vous voulez savoir son nom ? a demandé Kevin d'un air malin.

Meja a failli éclater de rire à nouveau mais a réussi à se ressaisir de justesse.

– Bien sûr ! s'est-elle écriée.

Kevin s'est tourné vers le radeau.

– C'est écrit ici ! a-t-il dit en pointant du doigt une des planches.

Nous nous sommes accroupies et nos yeux se sont ouverts en grand de stupéfaction : le prénom qui y était gravé en grosses lettres nous était plus que familier...

Chapitre 25

– Mebel... ai-je murmuré, ébahie.

Les questions se bousculaient dans ma tête : Pourquoi ce nom ? Où l'avaient-ils trouvé ? Comment était-ce possible ?

J'ai jeté un coup d'œil à Bea et Meja pour voir si elles y comprenaient quelque chose. Bea avait pâli et Meja affichait un visage crispé.

– Alors c'était vous, en fin compte ! Traîtres ! s'est-elle exclamée.

Kevin, Isak et Melker l'ont fixée d'un air étonné.

– Nous, quoi ? Et pourquoi « traîtres » ?

Meja leur a jeté un regard noir. Je devinais ce qu'elle pensait mais j'étais sûre qu'elle se trompait. Bea avait l'air perplexe.

– Arrêtez ! Vous croyez vraiment qu'on n'a pas compris ? a-t-elle poursuivi.

– Que vous n'avez pas compris quoi ? a rétorqué Kevin.

Meja a ri.

– En fait, je m'en doutais depuis le début. Les objets disparus, la porte et la lettre... La seule chose que je ne comprends pas, c'est comment vous avez réussi à convaincre Hjördis. Vous la connaissez ?

Si c'étaient vraiment eux, cela expliquait pourquoi le radeau s'appelait Mebel, ainsi qu'un bon nombre d'autres trucs bizarres... mais ça n'expliquait pas tout. Par exemple, comment ce prénom m'était venu, à moi, ni pourquoi les garçons avaient l'air si innocents. S'ils étaient coupables, on l'aurait vu !

– Qui est Hjördis ? a demandé Melker.

– Et de quelle lettre tu parles ? a ajouté Isak.

– Sérieux, ça ne nous fait plus rire, a martelé Meja, furieuse.

– Je crois que tu te trompes, ils n'y sont pour rien, ai-je affirmé.

– Mais bien sûr que si ! Pourquoi sinon auraient-ils baptisé le radeau Mebel ?

J'ai haussé les épaules. Puis je me suis tournée vers les garçons.

Melker a souri.

– On leur dit ? a-t-il demandé à Isak et Kevin.

Les garçons se sont regardés en ricanant, et j'ai eu un doute : c'étaient peut-être eux, en fin de compte !

– D'accord. À toi l'honneur ! s'est exclamé Kevin au bout d'un moment.

Melker a rougi, puis il s'est mis à se tortiller et à se gratter la tête.

– Bon, on trouvait que notre radeau était le plus beau et on voulait le baptiser du prénom de la plus jolie fille de la colo... a-t-il commencé, mal à l'aise.

– ... mais chacun de nous avait sa préférence et on n'a pas réussi à se mettre d'accord. Alors on a pris les premières lettres des trois prénoms et on les a collées ensemble, a complété Isak.

Kevin a ri.

– Maintenant, vous savez tout !

Nous sommes restées à la plage jusqu'au dîner.

Cette histoire de prénom était étrange, bien sûr. Comment se faisait-il qu'à partir des premières lettres de nos prénoms on puisse former celui de la jeune fille morte ? Difficile d'expliquer également que ce prénom me soit venu spontanément. Enfin, peut-être qu'inconsciemment je l'avais trouvé comme les garçons.... Je n'ai pas eu le courage d'y réfléchir longtemps. Il faisait chaud, Melker était allongé juste à côté de moi et nos bras n'arrêtaient pas de se frôler.

Je crois qu'à ce moment-là, nous avions toutes envie d'oublier cette histoire. Même Bea qui, les joues rosies, avait l'air de s'amuser avec Isak. Quant à Meja et Kevin, ils se chamaillaient, comme d'habitude.

Nous ne nous sommes pas seulement reposées, nous avons aussi reconstruit le radeau pour pouvoir réellement naviguer. Il n'était pas grand et nous devions nous serrer pour monter dessus, mais cela ne nous dérangeait pas, bien sûr !

– D'ailleurs, qu'est-ce que tu nous reprochais ? a demandé Kevin à Meja, au bout d'un moment.

C'était peut-être parce que nous étions sur le lac, loin de la colo, assis si près les uns des autres, difficile à dire ; mais finalement, nous leur avons raconté toute l'histoire, de la plaque d'immatriculation à la rencontre avec Hjördis et à Mebel, sans rien oublier !

J'avais peur qu'ils se moquent de nous, surtout Kevin, mais ça n'a pas été le cas. Ils nous ont écoutées les yeux grands ouverts et en silence.

– Mais c'est carrément flippant ! a commenté Kevin, une fois notre histoire terminée.

– Hyper louche ! En revanche, les affaires volées et la lettre, c'est forcément quelqu'un d'ici, a raisonné Melker.

Isak a hoché la tête.

– Ce qui est sûr, c'est qu'on n'y est pour rien !

Tout le monde avait sa petite idée sur l'identité du coupable, mais il y avait toujours des détails qui ne collaient pas. Malgré tout, cela faisait du bien de partager nos craintes. C'était comme si on se libérait d'une partie du fardeau.

Après le dîner, le kiosque était à nouveau ouvert. J'ai acheté une sucette ainsi qu'un mètre de réglisse en rouleau, Meja, un sachet de chips, et Bea, une grosse tablette de chocolat au lait. Elle avait enfin décidé de mettre fin à sa grève des bonbons !

Il ne s'est rien produit d'anormal pendant la soirée. Seulement des choses sympas et romantiques, comme quand Melker a voulu goûter ma réglisse… Il a commencé par une extrémité du rouleau, moi de l'autre, et nous avons fini comme Lady et Clochard !

Le feu de camp était aussi très chouette. Melker et moi sommes restés tout le temps main dans la main. Et quand la nuit est tombée et qu'il a commencé à faire froid, nous nous sommes réchauffés sous le même plaid. Au moment de rentrer, j'étais avec Melker, Meja avec Kevin et Bea avec Isak. On aurait dit que ça avait été planifié par les garçons !

Jennifer est venue passer la nuit avec nous, dans le lit vide au-dessus du mien. À peine sous la couette, nous nous sommes endormies et nous n'avons pas été réveillées pendant la nuit. Peut-être était-ce grâce à la présence bénéfique de Jennifer, ou bien simplement parce que nous étions épuisées après une journée riche en rebondissements, difficile à dire…

Jennifer nous avait assuré que les fantômes auraient peur d'elle et elle ne nous avait pas menti : le lendemain matin, tout était parfaitement normal. Rien n'avait disparu ou changé de place. Nous n'avions aperçu aucun fantôme, ni reçu aucune lettre.

Chapitre 26

La journée a été très calme. Aucun incident étrange n'est survenu. Enfin, hormis un petit truc avec Henny.

Pendant la matinée, nous avons joué au foot, les filles contre les garçons. C'était super cool, surtout que les filles ont gagné ! Évidemment, Kevin a protesté. D'après lui, ce n'était pas juste, parce que, dans l'équipe des filles, il y en avait plusieurs qui jouaient en club. Mais enfin, ce n'était pas notre faute !

Après le déjeuner, pendant le temps libre, Meja, Bea et moi avons décidé d'aller nous baigner, même s'il faisait un peu gris. C'était le dernier jour pour profiter du lac, avant le retour à la maison. Le lendemain matin, nous aurions tout juste le temps de faire nos valises et de nettoyer notre chambre. Mais nous ne sommes pas restées longtemps à la plage. Nous grelottions. Par chance, Björn est venu nous demander de l'aider à préparer la boum qui était prévue pour le soir. Nous l'avons toutes suivi – de même que Kevin, Melker et Isak.

La boum aurait lieu dans un hangar rempli de vieilleries. Nous avons commencé par le vider et par faire le ménage. Puis nous l'avons remeublé avec quelques tables pour le buffet (chips et limonade), deux canapés qui venaient de la salle d'activités et des tonnes de coussins. Björn a apporté un ordinateur et des enceintes. Il a aussi installé des spots et une énorme boule disco au plafond. La salle ressemblait à une vraie boîte de nuit !

– Zut, j'ai oublié un câble… Quelqu'un peut aller le chercher ? a demandé Björn.

Comme les autres semblaient occupés, je me suis proposée.

– Il est dans un sac en plastique dans le bureau des animateurs, a-t-il expliqué.

J'étais en train de monter l'escalier du bâtiment principal quand Henny a surgi de nulle part.

– Je voudrais te montrer un truc, m'a-t-elle dit.

J'avais complètement oublié qu'elle m'avait cherchée la veille.

– Qu'est-ce que c'est ? ai-je voulu savoir, méfiante.

– C'est un secret. Tu dois promettre de ne rien dire à personne. Même pas à Meja et à Bea.

– Même pas à elles, promis juré !

Henny m'a scrutée, comme pour s'assurer que j'étais digne de confiance. Puis elle m'a fait signe de la suivre.

– C'est dans l'abri de jardin, a-t-elle chuchoté.

Alors que je la suivais, mon cœur battait la chamade. Ses cheveux roux flottaient dans la brise et je ne pouvais pas m'empêcher de penser à la jeune fille morte dont Hjördis avait parlé. Qu'est-ce que Henny voulait me montrer ? Et pourquoi seulement à moi ?

Elle a jeté un coup d'œil derrière nous avant d'ouvrir d'un geste rapide la porte de l'abri et d'y entrer.

– Referme derrière toi ! Et ne fais pas de bruit, m'a-t-elle ordonné.

Je me suis exécutée et j'ai suivi Henny. Il n'y avait aucune fenêtre, mais un peu de lumière filtrait entre la porte et les montants ainsi qu'à travers les planches.

Une fois habituée à la pénombre, j'ai vu Henny accroupie à côté d'une corbeille placée dans un recoin.

– C'est ici ! a-t-elle chuchoté.

Je l'ai rejointe à pas lents. J'ai fixé la corbeille. Malgré le drap qui était posé par-dessus, j'ai vu qu'elle était en plastique rouge comme celles dans lesquelles on range les ballons.

– Quand on s'est croisées dans le local de sport, je t'ai un peu menti, a avoué Henny.

J'ai dégluti.

– Ah bon ?

– Oui, je t'ai dit que j'étais venue chercher un ballon, mais ce n'était pas vrai...

C'était le moment de lui poser la question :

– Qu'est-ce que tu faisais là-bas alors ?

– C'était pour cacher ceux-là, a-t-elle chuchoté en soulevant le drap.

Je retenais ma respiration. J'étais si sûre de ce que j'allais découvrir qu'il m'a fallu quelques secondes avant de réaliser ce que c'était réellement : cinq chatons riquiqui, roux et blanc, qui dormaient dans la corbeille.

– Ils sont chou, non ? a fait Henny.

Stupéfaite, j'ai acquiescé.

– Ils étaient dans le local de sport. Je les ai amenés ici pour qu'ils ne soient pas dérangés.

– Et leur mère, elle est où ?

– Elle doit être dehors en train de chasser.

Les chatons avaient à peine quelques semaines. Ils étaient si petits qu'ils auraient tenu dans la paume de ma main !

– Et personne d'autre que moi n'est au courant ? ai-je voulu savoir.

– Non.

– Alors pourquoi... moi ?

Henny s'est tournée vers les chatons.

– Je te trouve gentille. Tu m'as offert un bonbon.

– Tu devrais en parler à Jennifer. Elle pourra t'aider, ai-je suggéré.

En réalité, je serais bien restée un peu plus longtemps auprès des chatons, pour les prendre dans mes bras et les caresser. Ils étaient si mignons ! Mais je n'avais pas le temps. Björn m'attendait. Cela faisait déjà un moment que j'étais partie.

J'avais à peine quitté l'abri de jardin quand j'ai aperçu Meja qui courait vers moi, un sac en plastique à la main.

– Où est-ce que tu étais passée ? m'a-t-elle lancé.

– Je suis juste allée chercher le câble, ai-je murmuré.

Meja a soulevé le sac pour l'agiter devant moi.

– Tu croyais le trouver dans l'abri de jardin ?

Je ne voulais pas lui mentir, mais j'avais promis à Henny de garder son secret et une promesse est une promesse !

– Non... je suis allée aux toilettes et ensuite...

Meja a éclaté de rire.

– Laisse tomber ! Il faut qu'on se dépêche, les autres nous attendent !

Chapitre 27

Après le dîner, nous ne sommes pas allées récupérer nos portables pour téléphoner, nous avons préféré commencer à nous préparer pour la boum. Après de longues douches, nous nous sommes aidées à choisir nos tenues. Au départ, je voulais mettre mon tee-shirt noir, mais Meja et Bea m'ont convaincue de choisir plutôt le turquoise avec des paillettes. Ensuite, Meja nous a coiffées. Elle m'a fait des boucles souples, comme les siennes, et à Bea, qui a les cheveux frisés, un lissage. Meja aimerait devenir coiffeuse et je trouve que c'est une super idée. Elle a du talent. Nous étions toutes les trois hyper belles !

Alors que Bea et moi avions apporté seulement nos mascaras, Meja avait plein de maquillage qu'elle a proposé de partager avec nous. Bea a refusé, mais moi j'ai mis un peu de rouge à lèvres et du fard à paupières turquoise qui allait parfaitement avec mon tee-shirt.

Avant de quitter la chambre, j'ai jeté un coup d'œil dans le miroir pour une dernière vérification et ce que j'ai vu m'a bien plu. Les cheveux ondulés et les lèvres brillantes me donnaient un air plus adulte. J'ai fermé un peu les paupières pour admirer leur couleur et je me suis promis qu'une fois rentrée, je m'achèterais le même fard. Mes yeux aussi avaient changé. D'habitude ils sont bleu clair alors que là ils paraissaient quasiment verts. Mais c'était sans doute la luminosité ou le miroir qui déformaient la réalité.

La boum était à la hauteur de mes attentes. Un super buffet, des rigolades et de la danse ! Au début, j'ai passé du temps avec Bea, Meja et deux-trois autres filles. Bea nous a montré quelques chouettes pas de hip-hop et nous les avons répétés, encore et encore, sous les spots colorés. Puis il y a eu des slows, et j'ai dansé avec Melker.

J'avais les mains posées sur ses épaules alors qu'il me tenait par la taille. Nous étions tout près l'un de l'autre. À un moment, j'ai posé ma joue contre son cou ; sa peau était douce et chaude, son tee-shirt sentait bon la lessive. Les yeux fermés, je profitais de cet instant quand tout à coup nous avons été percutés par Meja et Kevin.

– C'est quoi cette danse au ralenti ? a plaisanté Meja.

J'ai ri. Puis j'ai incliné ma tête vers l'arrière pour me débarrasser des boucles qui me tombaient sur le visage. Nous nous trouvions pile sous la boule à facettes et j'y ai aperçu notre reflet.

– Regarde, c'est nous ! me suis-je exclamée.

– C'est cool ! a commenté Melker en riant.

L'image sur la boule était étonnamment nette, bien qu'à l'envers. Nous étions mignons ensemble, Melker, brun, et moi, blonde... Enfin, mes cheveux tiraient vers le roux...

– Tu as vu ? On dirait que je suis devenue rousse !

– Qu'est-ce que tu veux dire ?

– Tu ne vois pas ? Mes cheveux...

Melker a secoué la tête en rigolant.

Je n'ai pas insisté. Melker devait être un peu daltonien. Mes cheveux semblaient presque aussi roux que ceux de Henny ! Sans doute l'effet des spots.

Dans le hangar, il faisait très chaud et nous sortions régulièrement pour nous rafraîchir. Nous avons même marché jusqu'au lac et nous nous sommes assis sur le ponton. Le ciel était sombre et il pleuviotait, mais c'était agréable.

Il y a des choses qui sont plus faciles à dire quand il fait nuit.

– Je t'aime bien, a chuchoté Melker.

– Moi aussi, je t'aime bien, ai-je répondu.

Melker m'a attirée vers lui jusqu'à ce que je sente sa respiration chaude sur mes lèvres. Ensuite, nous n'avons plus parlé.

Je me suis sentie super heureuse pendant toute la soirée, et quand Björn a annoncé que c'était le dernier morceau, j'ai failli me mettre à pleurer. Melker et moi étions ensemble seulement depuis la veille et, dès le lendemain, il faudrait nous séparer. C'était injuste ! Melker pensait sans doute la même chose, parce qu'il avait l'air aussi triste que moi. Heureusement, il m'a suggéré d'échanger nos numéros de portable.

– C'est nul de devoir rentrer dès demain ! a soupiré Bea, allongée dans son lit.

Ce soir-là, il n'y avait que nous trois dans la chambre. Jennifer avait proposé de venir, mais cela nous avait semblé inutile. Il ne s'était rien passé d'étrange depuis un moment.

– Vous allez terriblement me manquer, a ajouté Bea.

Meja et moi partagions le même sentiment. Quel dommage que la colo soit déjà presque terminée !

– Tu as bien fait de rester, hein ? a dit Meja à Bea en lui faisait un clin d'œil.

– C'est sûr. Sauf que maintenant je ne veux plus partir.

Il y a eu un silence. Puis ça a été au tour de Meja de s'exclamer :

– Pareil pour moi ! En plus, mon frère ne sera pas content de me voir rentrer sans son appareil photo...

– Mais ce n'est pas ta faute ! Et s'il te l'a prêté c'est que... a commencé Bea.

– La vérité, c'est qu'il n'a pas voulu me le prêter, mais que je l'ai pris quand même, l'a coupée Meja.

– Bon, tu ne l'as pas perdu exprès... je veux dire, quelqu'un l'a forcément volé, a poursuivi Bea.

– Peut-être qu'on retrouvera nos affaires demain en faisant le ménage. Si ça se trouve, elles sont quelque part dans la chambre, ai-je ajouté pour lui remonter le moral.

Bea s'est tournée d'un mouvement brusque.

– Mais il y a un truc que je ne comprends pas. On n'a pas pu imaginer la lettre, c'est impossible, quelqu'un a dû l'écrire !

– Oui, mais qui ? a murmuré Meja.

Chapitre 28

Le cri résonnait dans la chambre, aigu et terrifiant. Je le distinguais clairement, même s'il semblait lointain. Comme dans un rêve. J'avais beau m'efforcer de me réveiller, mon corps était paralysé et mes paupières refusaient de s'ouvrir.

– Qu'est-ce qui se passe ?

J'entendais la voix ensommeillée de Meja mais impossible de faire le moindre geste !

– Bea, stop ! Pourquoi tu hurles ? a-t-elle poursuivi.

Le cri de Bea a cessé et je n'ai plus entendu que sa respiration saccadée.

– Vous ne la voyez pas ? Elle est assise sur le lit d'Elvira… a-t-elle chuchoté.

Mon cœur battait la chamade. Qui était assis sur mon lit ? Et pourquoi étais-je incapable d'ouvrir les yeux ? Est-ce que quelqu'un m'en empêchait ?

– Je ne comprends pas, je ne vois qu'Elvira ! s'est étonnée Meja.

J'aurais voulu lui dire qu'elle avait tort, que je n'étais pas assise mais allongée et que j'avais besoin d'aide. Mais je ne pouvais pas parler !

– Regarde ses cheveux… a fait Bea.

J'ai entendu le cliquetis de l'interrupteur lorsque Meja a allumé sa lampe de chevet, mais la chambre était toujours plongée dans la nuit.

– Tu vois bien que c'est Elvira. Ses cheveux sont encore un peu bouclés, c'est tout, a-t-elle dit.

Bea a soupiré de soulagement. Ne voyaient-elles pas que ce n'était pas moi ?

– D'ailleurs, qu'est-ce que tu fabriques Elvira ? Tu écris ton journal dans le noir ? m'a demandé Meja.

J'ignore pourquoi, mais tout à coup, je me suis sentie libérée. Je pouvais bouger à nouveau. Et j'ai compris pourquoi je n'avais pas réussi à ouvrir les yeux : ils étaient déjà ouverts ! Seulement, je ne voyais rien…

Interloquée, j'ai jeté un coup d'œil autour de moi. J'ai aperçu Bea et Meja. J'avais cru que j'étais allongée et que quelqu'un m'empêchait de me lever, mais il n'y avait que moi et j'étais assise !

– Je ne sais pas... ai-je murmuré, perplexe.

– Pourtant tu tiens un stylo ! a observé Meja.

J'ai regardé ma main avec stupéfaction. Mais avant que j'aie eu le temps de réagir, Meja s'est exclamée :

– Mais c'est le stylo à paillettes de Bea !

Elle avait raison ! En revanche, j'ignorais comment c'était possible. D'où venait-il ?

Meja est descendue de son lit d'un bond. Elle s'est frappé le front.

– Alors c'était toi, en fin de compte, qui l'avais pris !

Elle a saisi le stylo et l'a tendu à Bea.

– Et qu'est-ce que tu as écrit cette fois ? a-t-elle asséné.

En secouant la tête, j'examinais mon journal. J'ai reconnu l'écriture ancienne. Impossible que ce soit moi ! Même si je le voulais, je n'arriverais pas à écrire de cette façon !

– Ce n'est pas moi. Je suis incapable d'écrire comme ça, ai-je murmuré.

Meja s'est contentée d'attraper mon journal.

– *Pardonnez-moi si je vous ai effrayées. Ce n'était pas mon intention,* a-t-elle lu à voix haute.

Elle a fait une grimace.

– Comment ça, ce n'était pas ton intention ? C'est pourtant évident que tu l'as fait exprès !

– Je n'ai rien fait. Ce n'est pas moi ! ai-je répété.

Meja a continué à lire.

– *J'ai pris l'habitude de surveiller ceux qui sont dans cette chambre... pour qu'il n'y ait plus d'accidents. Et parfois, je ne peux pas m'empêcher de m'amuser un peu. Encore pardon ! La bague et l'appareil photo sont dans l'abri de jardin, dans une boîte à cigares. Merci de me les avoir prêtés ! Je vous fais toutes mes amitiés, votre camarade de chambre, Mebel Andersson.*

Puis elle s'est tournée vers moi.

– Mebel Andersson... Si tu trouves que c'est drôle, tu es complètement malade !

– Je n'y suis pour rien ! Je te le promets ! ai-je chuchoté, désespérée.

Bea se mordait les lèvres, l'air indécise.

– Y en a marre de tes promesses et de tes mensonges, a vociféré Meja.

– Écoute...

Mais Meja m'a interrompue.

– Tu étais assise dans le noir avec ton journal ouvert, le stylo à la main. En plein milieu de la nuit ! Et tu dis que tu n'écrivais pas... C'est un peu étrange, tu ne trouves pas ?

J'ai examiné ma main, qui tremblait. J'avais des petites taches violettes sur l'index et le majeur, comme la dernière fois. C'était moi, la coupable, sans le moindre doute. J'avais volé le stylo de Bea et écrit les deux lettres, même si j'avais du mal à le croire...

– J'ai dû écrire en dormant, ai-je murmuré.

Meja a rigolé.

– C'est ça ! C'est aussi dans ton sommeil que tu es allée à l'abri de jardin hier ?

– Mais je n'ai pas... ai-je protesté.

Puis je me suis souvenue de ce qui s'était passé.

J'ai soupiré.

– Ça n'a rien à voir.

Meja a haussé les sourcils.

– Ah bon ? Explique-nous alors pourquoi tu y étais !

– Je ne peux pas, ai-je murmuré, malheureuse.

– Ça, on l'a compris ! a martelé Meja.

C'était atroce, je ne voulais pas rompre ma promesse. En même temps, cela semblait être la seule issue. Meja ne me croirait pas sinon... et ma situation était déjà assez compliquée !

– Henny a trouvé des chatons et elle a voulu me les montrer. Seulement, je lui ai promis de ne rien dire à personne.

– Des chatons ? Ici, dans la colo ? a demandé Bea.

– Oui, ils sont dans une corbeille, cachés dans l'abri de jardin.

Meja m'a jeté un regard noir.

– On ira les voir demain avant le petit-déjeuner. Et j'espère pour toi qu'on les trouvera…

Chapitre 29

J'étais incapable de me rendormir. Les questions défilaient dans ma tête, je repensais à tous les événements étranges qui étaient survenus depuis mon départ, depuis la plaque d'immatriculation jusqu'à mon réveil brusque au beau milieu de la nuit, le stylo de Bea à la main… Tout était confus et je n'y comprenais rien.

Était-ce possible que la plaque d'immatriculation, le halo sur la photo, la fenêtre, la lampe et le prénom soient simplement des coïncidences ? Et que tout le reste s'explique par mon somnambulisme ? Avais-je vraiment caché la bague et l'appareil photo dans l'abri de jardin et pris le stylo de Bea pour écrire ces messages bizarres ? Je ne pouvais pas l'exclure. Les somnambules font parfois des choses inimaginables et ne s'en souviennent plus à leur réveil.

Mais si j'étais l'auteure de ces lettres, pourquoi alors cette écriture si spéciale ? Tout aussi étrange : dans la première lettre, il était écrit qu'il fallait *demander à la dame de la maison rouge*, or je ne la connaissais pas ! Je ne savais même pas que cette maison était habitée ! Avais-je pu tout inventer ?

Le lendemain matin, nous nous sommes habillées rapidement puis nous avons quitté la chambre en silence. J'étais épuisée et j'avais l'estomac noué d'angoisse. D'un côté, évidemment, je voulais retrouver ma bague et l'appareil photo du frère de Meja. Mais de l'autre, s'ils se trouvaient bien dans l'abri de jardin, cela confirmerait ma culpabilité !

Alors que nous nous approchions de l'abri, Bea souriait nerveusement et Meja affichait un visage fermé. Quant à moi, j'aurais préféré m'enfuir en courant.

– À toi l'honneur ! m'a dit Meja comme si elle avait deviné mes pensées.

Prenant une profonde inspiration, je suis entrée. La lumière a inondé l'abri pendant quelques secondes avant que la porte ne se referme derrière Bea et Meja et ce court laps de temps m'a suffi pour voir que la corbeille avait disparu...

– Où sont les chatons ? a demandé Meja.

Je me suis dirigée vers l'endroit où Henny avait déposé la corbeille, et j'ai regardé autour de moi dans la pénombre.

– Ils étaient ici, ai-je chuchoté.

Meja a ri.

– Ben voyons !

– Je vous jure qu'ils étaient ici ! Dans une corbeille en plastique rouge...

Meja a jeté un coup d'œil circulaire dans l'abri.

– Et mon appareil photo, où il est ?

Bea qui s'était tue jusque-là a désigné une étagère.

– Là-bas, dans cette petite boîte, a-t-elle dit à mi-voix.

Meja m'a lancé un regard noir avant d'attraper la boîte.

– Dans celle-ci ? m'a-t-elle demandé.

Vieille et usée, la boîte avait un joli couvercle décoré d'un dessin d'oiseau et d'une écriture ronde. C'était la première fois que je la voyais...

Meja n'a pas attendu ma réponse pour l'ouvrir. Elle a souri.

– Ils y sont ? ai-je chuchoté.

Elle m'a scrutée avec mépris.

– À ton avis ?

Elle s'est emparée de son appareil avant de me tendre la boîte.

– Tu es complètement folle ! Pourquoi tu as fait ça ?

J'ai glissé la bague à mon doigt. J'aurais voulu crier que j'étais innocente mais tout m'accusait !

– Franchement, je ne sais pas. Je devais dormir...

Sans un mot, Meja a pris Bea par le bras et elles sont sorties.

Meja et Bea étaient assises à la table des garçons. Il était évident que Meja ne souhaitait pas que je les rejoigne. Elle a soupiré bruyamment quand j'ai posé mon plateau à côté du sien. Mais je ne pouvais aller nulle part ailleurs, c'étaient mes amies !

– Qu'est-ce qui ne va pas ? Il s'est passé quelque chose ? a voulu savoir Isak.

Kevin a rigolé.

– Votre fantôme a réapparu ?

Meja s'est tournée vers moi en souriant amèrement.

– On peut dire ça. En tout cas, on a appris qui c'était…

– Ah bon ? C'était qui alors ? a demandé Melker en me regardant.

Pourvu qu'elle ne leur dise pas que c'était moi ! Dans ce cas, Melker…

– Allez, Elvira ! Raconte ! a fait Meja.

Je sentais leurs regards fixés sur moi et j'aurais voulu m'enfuir. À cet instant, Henny nous a rejoints.

– J'ai fait ce que tu m'as dit, Elvira ! s'est-elle exclamée.

Ses yeux brillaient et elle affichait un grand sourire.

– J'ai parlé à Jennifer des chatons et elle s'en est occupée. Elle a trouvé un refuge qui les a accueillis. Tous sauf un… que j'adopterai. Tu te rends compte ? J'aurai un chaton à moi !

Meja regardait Henny bouche bée. J'étais soulagée que tout se soit arrangé pour les chatons. Et surtout, que Meja et Bea sachent que je ne leur avais pas menti.

– C'est une super nouvelle ! lui ai-je répondu en souriant à mon tour.

– Et puis je dois vous remettre cette lettre, a-t-elle ajouté en me tendant une enveloppe rose. C'est une vieille dame qui me l'a donnée.

Meja, Bea et moi avons échangé un regard. Cette dame était forcément Hjördis, mais que nous voulait-elle ?

– Ouvre-la ! m'a exhortée Meja.

Les mains tremblantes, j'ai retiré de l'enveloppe une feuille de couleur assortie.

– Qu'est-ce qui est écrit ? a chuchoté Bea.

– *J'ai trouvé ceci au fond du carton, et comme nous en avions parlé, je pensais que vous seriez peut-être intéressées. Amicalement, Hjördis,* ai-je lu.

– Trouvé quoi ? s'est étonnée Meja.

J'ai sorti un papier jauni.

– Une coupure de journal, ai-je observé en la tendant à Meja.

Meja l'a lue en silence. Puis elle s'est tournée vers Bea et moi les yeux écarquillés.

– Écoutez ça ! *Un drame à Björkudden. Mebel Andersson, 12 ans, a été retrouvée morte hier en colonie de vacances de Björkudden. Il était environ 15 heures quand ses trois camarades l'ont découverte allongée par terre dans la chambre numéro 213 qu'elles partageaient avec elle. La cause du décès n'a pas encore été confirmée mais tout semble indiquer qu'il s'agit d'un accident.*

– Andersson… ai-je murmuré.

– Chambre 213… a dit à mi-voix Bea.

Nous nous sommes regardées, effrayées.

– Elle est morte dans votre chambre, a observé Melker.

– C'est flippant ! s'est exclamé Kevin.

– Mais, attendez... C'était qui, le fantôme ? Vous l'aviez bien découvert, c'est ça ?

Meja m'a jeté un coup d'œil. Puis elle a soupiré.

– Ce n'était rien du tout... que notre imagination...

Chapitre 30

Nous faisions nos valises en silence. Aucune de nous n'avait prononcé un mot depuis le petit-déjeuner. J'étais soulagée que Meja n'ait pas parlé aux garçons de la boîte à cigares que nous avions trouvée dans l'abri de jardin, mais j'ignorais si elle continuait à m'en vouloir. La coupure de journal n'avait peut-être rien changé. Pourtant, il était peu probable que le nom d'*Andersson* ou le fait que Mebel soit morte dans notre chambre soient des coïncidences, et elle devait le penser aussi.

J'ai fermé ma valise et je me suis assise sur mon lit. Non, c'étaient forcément des coïncidences ! C'était moi qui avais écrit la lettre dans laquelle j'indiquais où trouver les affaires disparues. Ça ne pouvait être que moi, c'était la seule explication ! Sauf si Mebel...

Tout à coup, mon cœur s'est mis à battre à tout rompre. Je me suis souvenue de mes yeux verts dans le miroir et de mes cheveux roux dans la boule à facettes, du sentiment de ne plus contrôler mon propre corps et des commentaires de Bea à propos de la jeune fille assise sur mon lit... Serait-il possible que Mebel et moi ne fassions qu'une ? Aurait-elle pu s'introduire dans mon corps pour agir à travers moi ? J'ai frissonné. C'était insensé ! Une idée insupportable ! Pourtant, impossible de l'exclure...

– Pardon, a dit Meja brusquement.

Elle et Bea avaient aussi fini leurs valises et s'étaient assises en face de moi.

– Pardon pour... ? ai-je demandé.

– Pour avoir cru que tu nous avais menti au sujet des chatons, a répondu Meja.

– Pardon pour l'appareil photo, ai-je répondu.

– Mais tu dormais, non ? Et je l'ai récupéré, c'est l'essentiel !

– Et moi, j'ai retrouvé mon stylo, a ajouté Bea en souriant.

Meja a sorti l'appareil de sa poche et l'a allumé.

– Je n'arrive toujours pas à comprendre comment tu as pu deviner le nom de famille de

Mebel, « Andersson ». Peut-être que tu as lu un article sur elle avant de venir ici, et que tu l'as oublié...

– C'est possible, ai-je murmuré.

– Même si Andersson est un nom assez banal, bien sûr, a-t-elle poursuivi.

– Mais la chambre... Je trouve quand même bizarre qu'elle soit morte dans notre chambre ! s'est exclamée Bea.

– Arrête ! Les fantômes n'existent pas ! C'était Elvira, tout simplement, a fait Meja.

– Et le reste ? La lampe, la fenêtre, le halo... s'est-elle entêtée.

Meja faisait défiler les photos. Tout à coup, elle a poussé un petit rire et elle a tendu l'appareil à Bea.

– La lampe était sur le côté gauche depuis le début, je te l'avais bien dit, voilà la preuve ! a-t-elle triomphé.

Bea a fait la moue.

– Et regardez ça ! Il n'y a plus aucun halo ! C'était donc un problème technique, a poursuivi Meja.

– Je peux voir ? ai-je demandé.

J'ai parcouru toutes les photos de moi et de Melker à côté du feu ainsi que celles prises dans la chambre. Le halo avait bien disparu ! Soulagée, j'ai rendu l'appareil à Meja.

– C'est possible d'avoir celles où je suis avec Melker ?

– Bien sûr ! Mais maintenant je voudrais prendre une dernière photo de vous deux, s'est écriée Meja en souriant. Mettez-vous devant la porte.

Bea et moi nous avons obéi.

– Tenez-vous par le cou ! Et maintenant, dites *cheese* !

Avant que nous n'ayons eu le temps de faire quoi que ce soit, Meja s'est mise à rire.

– Non, pas *cheese*... dites plutôt « Mebel » !

Bea et moi avons échangé un regard hésitant avant d'éclater de rire.

– Mebel ! avons-nous crié en chœur en souriant.

Puis Meja a jeté un coup d'œil sur les photos et elle a grimacé.

– Qu'est-ce qu'il y a ? Le halo est de retour ? ai-je demandé.

Meja nous a tendu l'écran.

– Regardez !

Mes cheveux se sont dressés sur ma tête et mon corps s'est glacé. Sur la photo, deux jeunes filles se tenaient par le cou en affichant de beaux sourires. L'une d'elles était Bea. Et même si je n'avais jamais vu l'autre fille, je savais de qui il s'agissait.

C'était une jeune fille rousse habillée d'une robe blanche… Quant à moi, je n'y figurais pas.

– C'est elle, a chuchoté Bea.

– Mebel… ai-je murmuré.

Pendant que nous fixions la photo en silence, Mebel se transformait lentement. Ses cheveux s'éclaircissaient, ses yeux devenaient plus bleus et sa bouche plus fine. Jusqu'à ce que, finalement, elle disparaisse pour me laisser la place à moi, Elvira.

– Mais c'est irréel… a soufflé Meja.

Bea et moi avons approuvé, incrédules.

Meja a éteint son appareil, puis l'a rallumé, pour regarder à nouveau la dernière photo. Il y avait Bea, à droite, et moi, à gauche. Elle a refait la même chose à plusieurs reprises, et à chaque fois il n'y avait que Bea et moi.

– On… on a dû se tromper, non ? a-t-elle suggéré.

Bea et moi avons acquiescé.

Mais bien sûr nous savions qu'il n'en était rien.

Aujourd'hui, c'est le 28 mai. Une année presque entière s'est écoulée depuis la colo. Une année des plus ordinaires.

Les seules nouveautés, c'est que je ne suis plus somnambule et que je sors avec Melker, bien sûr. J'ai aussi adopté l'un des chatons de la colo, une chatte au pelage roux et aux yeux verts que j'ai appelée Mebel. Ce choix m'a paru évident.

Bea, Meja et moi continuons à nous voir de temps en temps. Mais nous n'évoquons jamais ce qui s'est passé cet été-là. C'est un accord silencieux entre nous. Comme si ne pas en parler suffisait à tout effacer. Bien sûr, au fond de nous, nous n'avons rien oublié.

Enfin cet après-midi, il s'est passé une chose un peu bizarre. Sibel et moi ne jouons plus à noter les numéros d'immatriculation, mais il m'arrive malgré tout de m'y intéresser. Je rentrais de l'école à vélo, quand j'ai été doublée par une voiture immatriculée *MAY-029*. Elle roulait lentement, comme pour s'assurer que je voie la plaque… Mais c'était sans doute un pur hasard.

l'autrice

Ingelin Angerborn est née en Suède en 1966. Autrice reconnue, elle a reçu de nombreux prix et a publié de nombreux livres, dont des séries et des romans policiers pour la jeunesse.

Comme dans *Chambre 213*, elle aime faire surgir des éléments surnaturels dans une intrigue ancrée dans le réel.

Chambre 213 est un bestseller : 150 000 exemplaires ont été vendus en Suède et, dix ans après sa parution, il est toujours dans le top 5 des livres les plus empruntés en bibliothèque.

La traductrice

Johanna Kuningas est traductrice du finnois et du suédois. Titulaire d'un doctorat en sciences du langage, elle a traduit plus d'une trentaine d'ouvrages jeunesse et adulte, parmi lesquels *Maresi – Chroniques de l'Abbaye Écarlate* de Maria Turtschaninoff, publié chez Rageot.

En parallèle, elle a enseigné dans plusieurs universités notamment le finnois, le suédois, la littérature et la culture finlandaises.

Sur son temps libre, elle écrit des nouvelles et anime des ateliers de français langue étrangère.

Europe Créative

Par le programme Europe Créative, l'Union Européenne renforce son action en faveur de la culture et de la création. Le volet MÉDIA d'Europe Créative concerne les secteurs du cinéma et de l'audiovisuel. Son volet CULTURE veut soutenir de manière privilégiée et par la coopération la création d'œuvres européennes, le renforcement de la dimension économique, sociale et extérieure des secteurs culturels et créatifs européens. Il décerne des prix et développe des actions ciblées. Europe Créative accorde ses subsides par des appels à projets, qui couvrent tous les secteurs culturels, y compris le livre. Contenus et procédures de sélection sont gérés par l'EACEA, l'Agence Exécutive Éducation Culture Audiovisuel.

Le programme CULTURE accorde un soutien sectoriel au livre et à l'édition, aux artistes et aux professionnels.

Dans la série
ENQUÊTES D'EUROPE
retrouve le quatuor CLUE !

SÉRIE
CLUE
JØRN LIER HORST
CRIME
À ÅLODDEN
RAGEOT
ENQUÊTES D'EUROPE

SÉRIE
CLUE
JØRN LIER HORST
LE
BRAQUAGE
D'OSLO
RAGEOT
ENQUÊTES D'EUROPE

« Coca » est le diminutif de Coca-Cola®,
une marque déposée de The Coca-Cola Company.

Retrouvez toutes nos nouveautés sur notre site rageot.fr

PAPIER À BASE DE FIBRES CERTIFIÉES

RAGEOT s'engage pour l'environnement en réduisant l'empreinte carbone de ses livres. Celle de cet exemplaire est de :
600 g éq. CO_2
Rendez-vous sur www.rageot-durable.fr

Cet ouvrage a été composé par IGS-CP
à l'Isle-d'Espagnac (16)

Achevé d'imprimer en Italie, en mai 2022
sur les presses de Grafica Veneta, Trebaseleghe
Dépôt légal : juillet 2022
N° d'édition : 7682-01